會校會注會評會圖西廂記

【伍】

張燕瑾 張人和 汪龍麟 編纂
汪龍麟 執筆

教育部人文社會科學重點研究基地重大項目（12JJD750021）成果
教育部人文社會科學重點研究基地首都師範大學中國詩歌研究中心規劃項目成果
全國高等院校古籍整理研究工作委員會資助項目成果

學苑出版社

本册目録

《元本出相北西厢記》（起鳳館曹以杜刊）版畫 …… 1931
《重刻訂正元本批點畫意北西厢》（徐渭評本）版畫 …… 1975
《新校注古本西厢記》（王驥德校注本）版畫 …… 1997
《北西厢記》（何璧校本）版畫 …… 2043
《鼎鐫陳眉公先生批評西厢記》（蕭騰鴻師儉堂刻本）版畫 …… 2063
《新刊考正全相評釋北西厢記》（金陵文秀堂刊本）版畫 …… 2089
《詞壇清玩：西厢定本》（槃邁碩人修改定本）版畫 …… 2133
《西厢記》（凌濛初刻朱墨套印本）版畫 …… 2165
《硃訂西厢記》（孫鑛批點本）版畫 …… 2187
《徐文長先生批評北西厢記》（延閣主人訂正）版畫 …… 2227
《張深之先生正北西厢秘本》（張深之）版畫 …… 2267
《李卓吾批點西厢記真本》（西陵天章閣醉香主人刻）版畫 …… 2281
《湯海若先生批評西厢記》（蕭騰鴻師儉堂刻本）版畫 …… 2325
《新訂徐文長先生批點音釋北西厢》（徐文長音釋本）版畫 …… 2347
《新刻徐文長公參訂西厢記》（潭邑書林歲寒友刻本）版畫 …… 2365
《三先生合評元本北西厢》（孔如氏刻本）版畫 …… 2369
《新刻魏仲雪先生批點西厢記》（陳長卿存誠堂刻本）版畫 …… 2381
《繪圖西厢記》（掃葉山房本）版畫 …… 2403

《元本出相北西厢記》（起鳳館曹以杜刊）版畫

《元本出相北西厢記》，簡稱“起本”，明萬曆三十八年（1610）冬，起鳳館曹以杜刊。曹以杜，生平不詳。起鳳館和容與堂、得月樓、顧曲齋均是其時有名的徽派雕版印刷機構，尤其起鳳館，匯聚了當時知名畫工如黄一彬、黄一楷、汪耕、汪忠信、謝茂陽等，爲其時書坊之翹楚。

是書除第十一齣僅一幅單面版畫外，其餘每齣戲配有兩幅雙面連式版畫，加上卷首的單面版畫《鶯鶯遺照》，共40幅。卷首版畫《鶯鶯遺照》款書“汪耕于田父仿唐六如之作”，書中每齣均有一整頁版畫，第二十齣版畫款書“黄一楷刻”，而書首曹文之後有“黄一彬刻”款書，可知書中插圖爲二黄兄弟所爲。版畫雕刻精工細緻，紋飾繁複，機具徽派特色。

1933《元本出相北西廂記》（起鳳館曹以杜刊）版畫

圖 9—1　鶯鶯遺照　卷首《目録》前

圖 9—2 **佛殿奇逢（一） 上卷第一齣**

1935《元本出相北西厢記》(起鳳館曹以杜刊) 版畫

圖 9—3　佛殿奇逢（二）　上卷第一齣

圖 9—4　僧房假寓（一）　上卷第二齣

圖 9—5　僧房假寓（二）　上卷第二齣

圖 9—6 墻角聯吟（一） 上卷第三齣

圖 9—7　**墻角聯吟(二)　上卷第三齣**

圖 9—8　齋壇鬧會（一）　上卷第四齣

圖 9—9　齋壇鬧會（二）　上卷第四齣

圖 9—10 惠明寄書（一） 上卷第五齣

圖 9—11　**惠明寄書（二）　上卷第五齣**

圖 9—12　紅娘請宴（一）　上卷第六齣

圖 9—13　紅娘請宴（二）　上卷第六齣

圖 9—14 夫人停婚（一） 上卷第七齣

圖 9—15　夫人停婚(二)　上卷第七齣

圖 9—16　**鶯鶯聽琴（一）　上卷第八齣**

圖 9—17　鶯鶯聽琴（二）　上卷第八齣

圖 9—18　**錦字傳情（一）　上卷第九齣**

圖 9—19　錦字傳情（二）　上卷第九齣

圖 9—20 **妝臺窺簡（一） 上卷第十齣**

圖 9—21　**妝臺窺簡（二）　上卷第十齣**

圖 9—22 **乘夜逾墻 下卷第十一齣**

圖 9—23 倩紅問病（一） 下卷第十二齣

圖 9—24 倩紅問病(二) 下卷第十二齣

圖 9—25　月下佳期（一）　下卷第十三齣

圖 9—26　月下佳期（二）　下卷第十三齣

圖 9—27　堂前巧辯（一）　下卷第十四齣

圖 9—28　堂前巧辯（二）　下卷第十四齣

圖 9—29　長亭送別（一）　下卷第十五齣

圖 9—30　長亭送別（二）　下卷第十五齣

圖 9—31　草橋驚夢（一）　下卷第十六齣

圖 9－32　草橋驚夢（二）　下卷第十六齣

圖 9—35　尺素緘愁（一）　下卷第十八齣

圖 9—37 鄭恒求配（一） 下卷第十九齣

圖 9—40　**衣錦還鄉（二）　下卷第二十齣**

《重刻訂正元本批點畫意北西厢》（徐渭評本）版畫

《重刻訂正元本批點畫意北西厢》，明萬曆三十九年（1611）冬，徐渭評本。今存三種。一種卷首依次爲澂者序、會稽史槃“題唐伯虎所畫鶯鶯圖次韵”、青藤道人序、元稹《會真記》、目録、凡例，本書簡稱“徐畫本”；一種卷首依次爲題款“東海澹仙諸葛元聲書于西湖之樓外樓”的序、元稹《會真記》（上有眉評）、凡例、目録，本書簡稱“徐畫諸本”；一種扉頁一題“畫意西厢，珠還室藏”，扉頁二題“《北西厢記》，明徐文長批評，虚受齋繪圖，精鎸本，珠還室珍藏，舊藏雙鑒樓”，本書簡稱“徐畫珠本”。雙鑒樓爲傅增湘（1872—1949）書齋名，珠還室爲慕湘（1916—1988）書齋名，故徐畫珠本當是傅增湘舊藏，最後被慕湘收藏。

三書版畫一樣，此處收録“徐畫本”版畫，不另列徐畫諸本和徐畫珠本版畫。是書折下分套，共五折二十套。每折前附有 4 幅雙面連式版畫，共 20 幅。

圖 10—1 佛殿奇逢（一） 第一折一套

圖 10—3 佛殿奇逢（三）　第一折一套

圖 10－4 佛殿奇逢（四）　第一折一套

圖 10—5　白馬解圍（一）　第二折一套

圖 10—6　白馬解圍（二）　第二折一套

圖 10—7　白馬解圍（三）　第二折一套

圖 10—8　白馬解圍（四）　第二折一套

圖 10—9　錦字傳情（一）　第三折一套

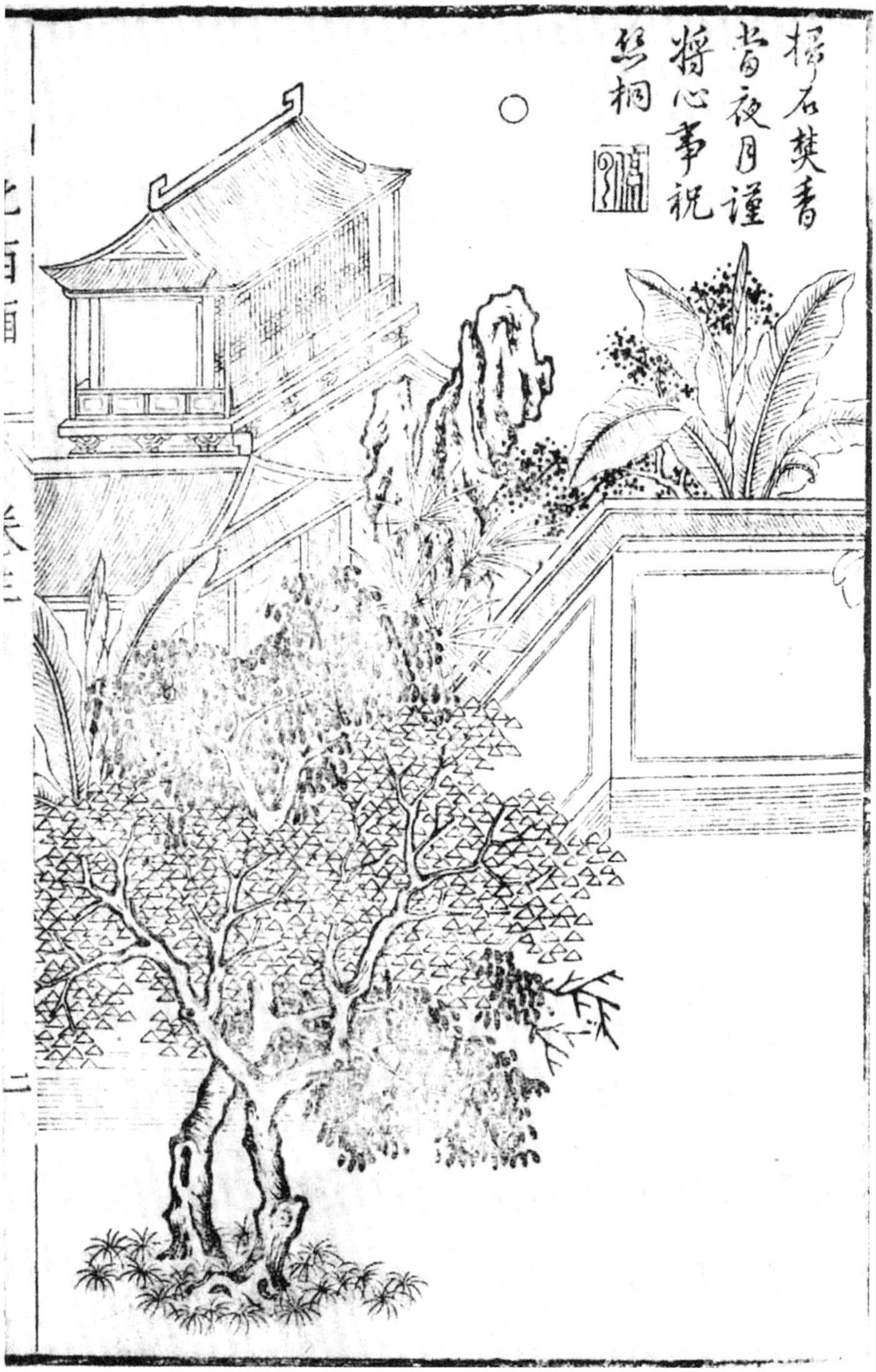

圖 10—10　錦字傳情(二)　第三折一套

圖 10—12　錦字傳情（四）　第三折一套

圖 10—13　**月下佳期（一）**　**第四折一套**

圖 10—14　**月下佳期（二）　第四折一套**

圖 10—15　**月下佳期（三）　第四折一套**

圖 10—16　**月下佳期(四)**　**第四折一套**

圖 10—17 泥金捷報 第五折一套

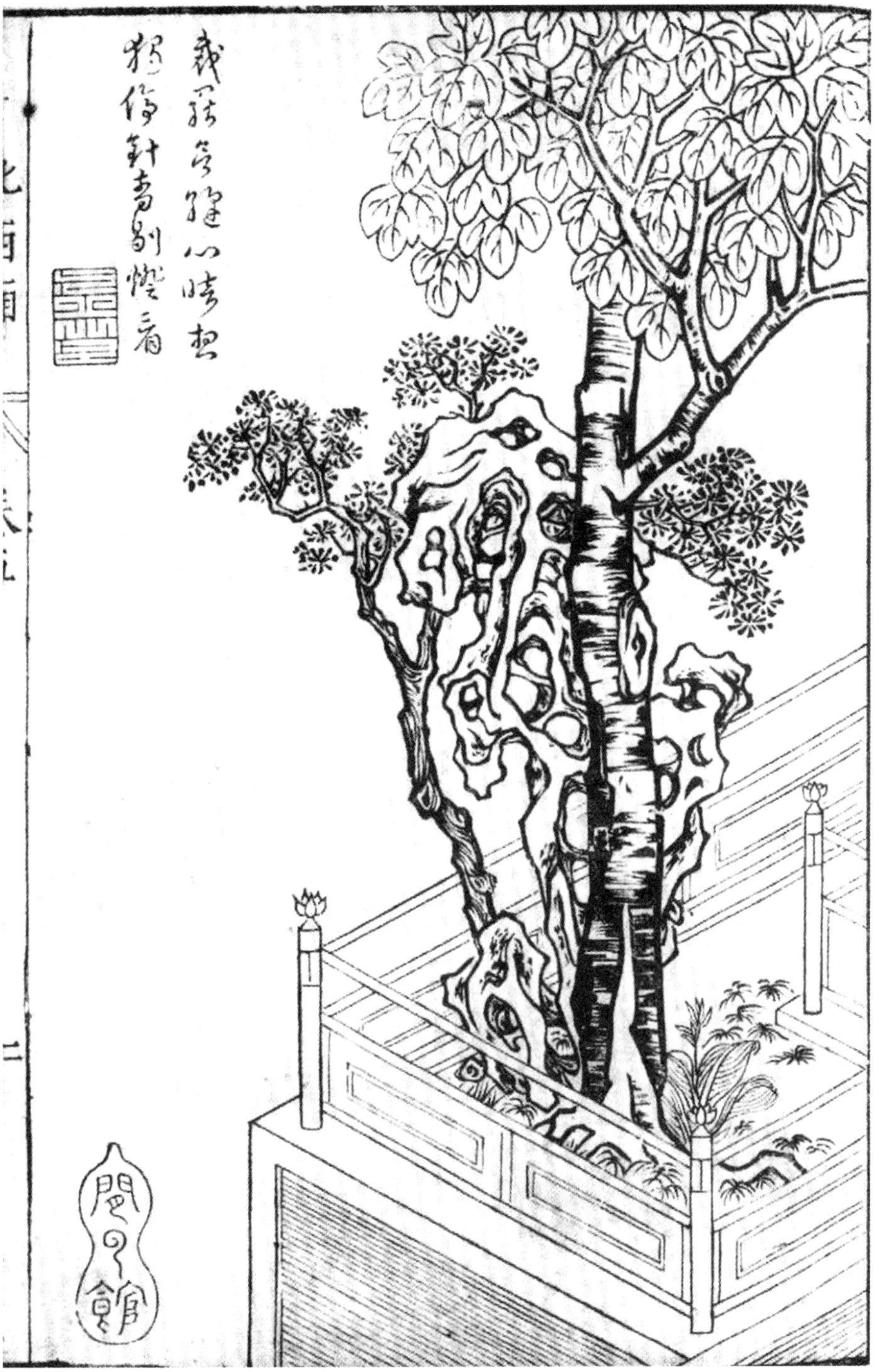

圖 10—18 泥金捷報 第五折一套

圖 10—19 泥金捷報 第五折一套

圖 10—20 泥金捷報　第五折一套

《新校注古本西厢記》（王驥德校注本）版畫

《新校注古本西厢記》，王驥德校注，簡稱“驥本”，萬曆四十一年（1613）朱朝鼎香雪居刊刻。王驥德以曲學名家而介入《西厢記》的校注和刊刻，此在明代諸多《西厢記》刊本中别具風範。

是書卷首附有單面版畫“崔娘遺照”1幅、雙面連式版畫42幅，計43幅。

1999《新校注古本西廂記》（王驥德校注本）版畫

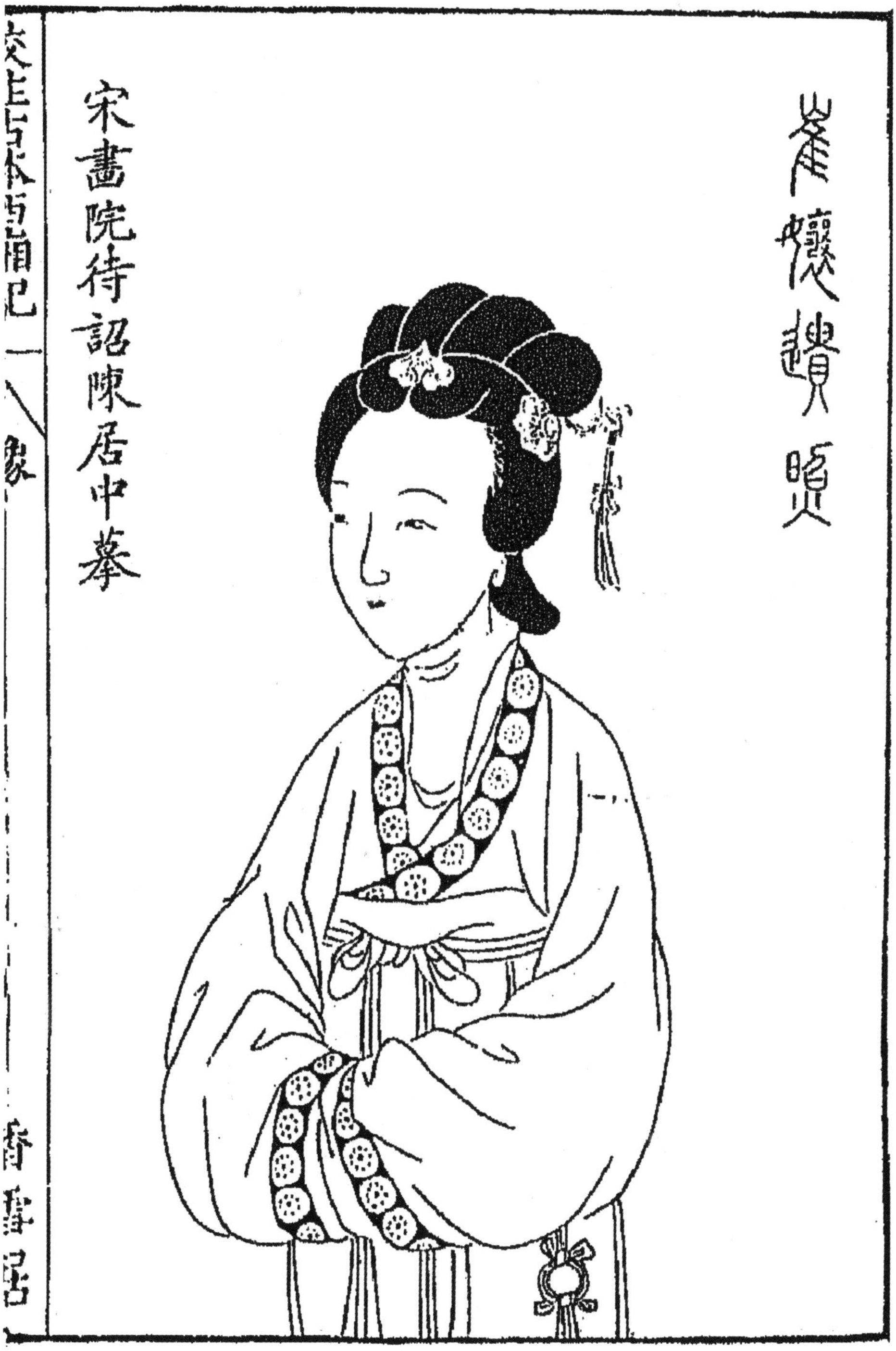

圖 11—1　崔娘遺照

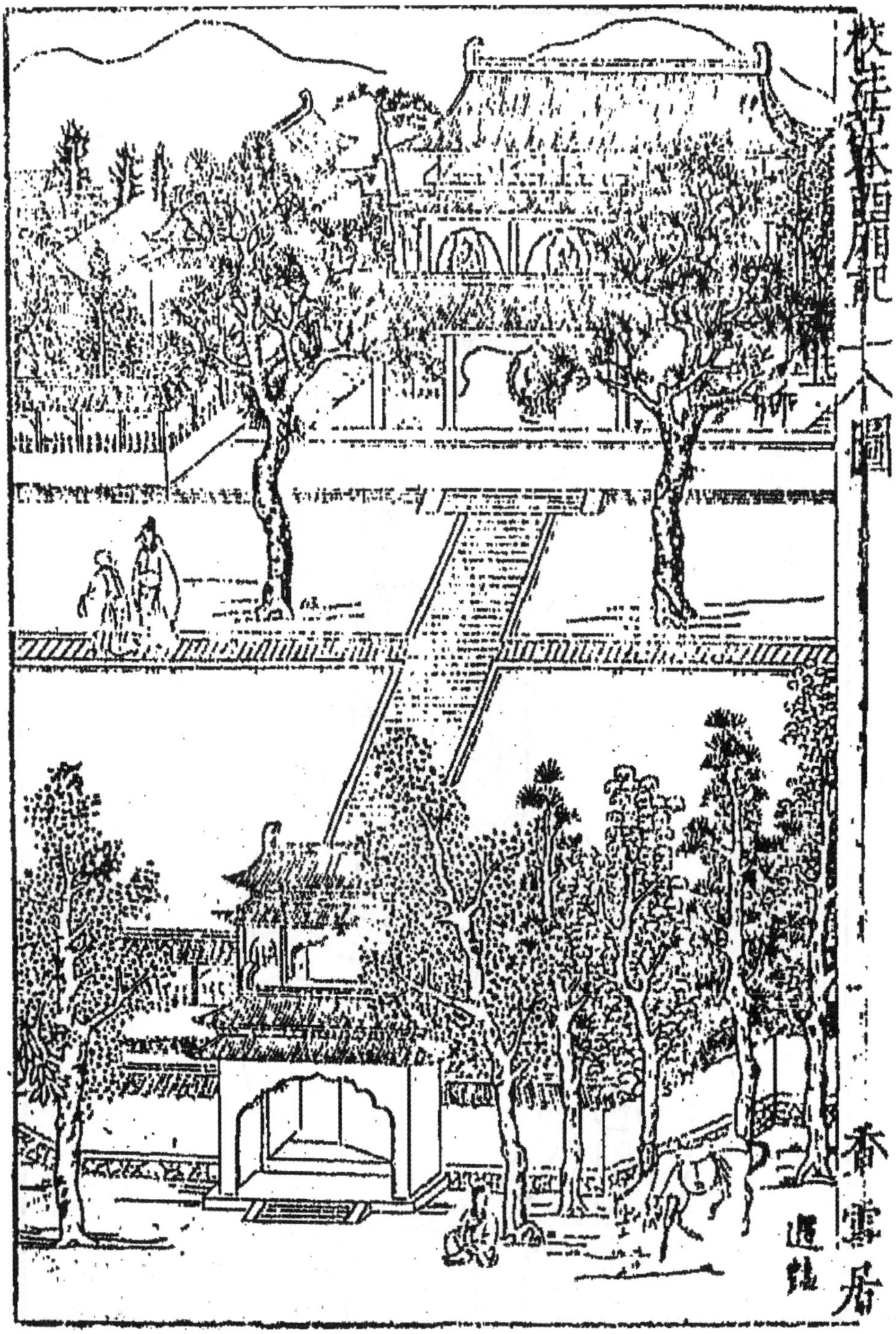

圖 11—2 遇豔（一）

圖 11－3　遇艷（二）

圖 11—4　投禪（一）

圖 11—5　投禪（二）

圖 11—6　賡句（一）

2005《新校注古本西厢記》（王驥德校注本）版畫

圖 11—7　**賡句（二）**

圖 11—8　附齋（一）

圖 11—9　附齋（二）

圖 11—10　聯吟（一）

圖 11－11　聯吟（二）

圖 11—12　解圍（一）

圖 11—13　解圍（二）

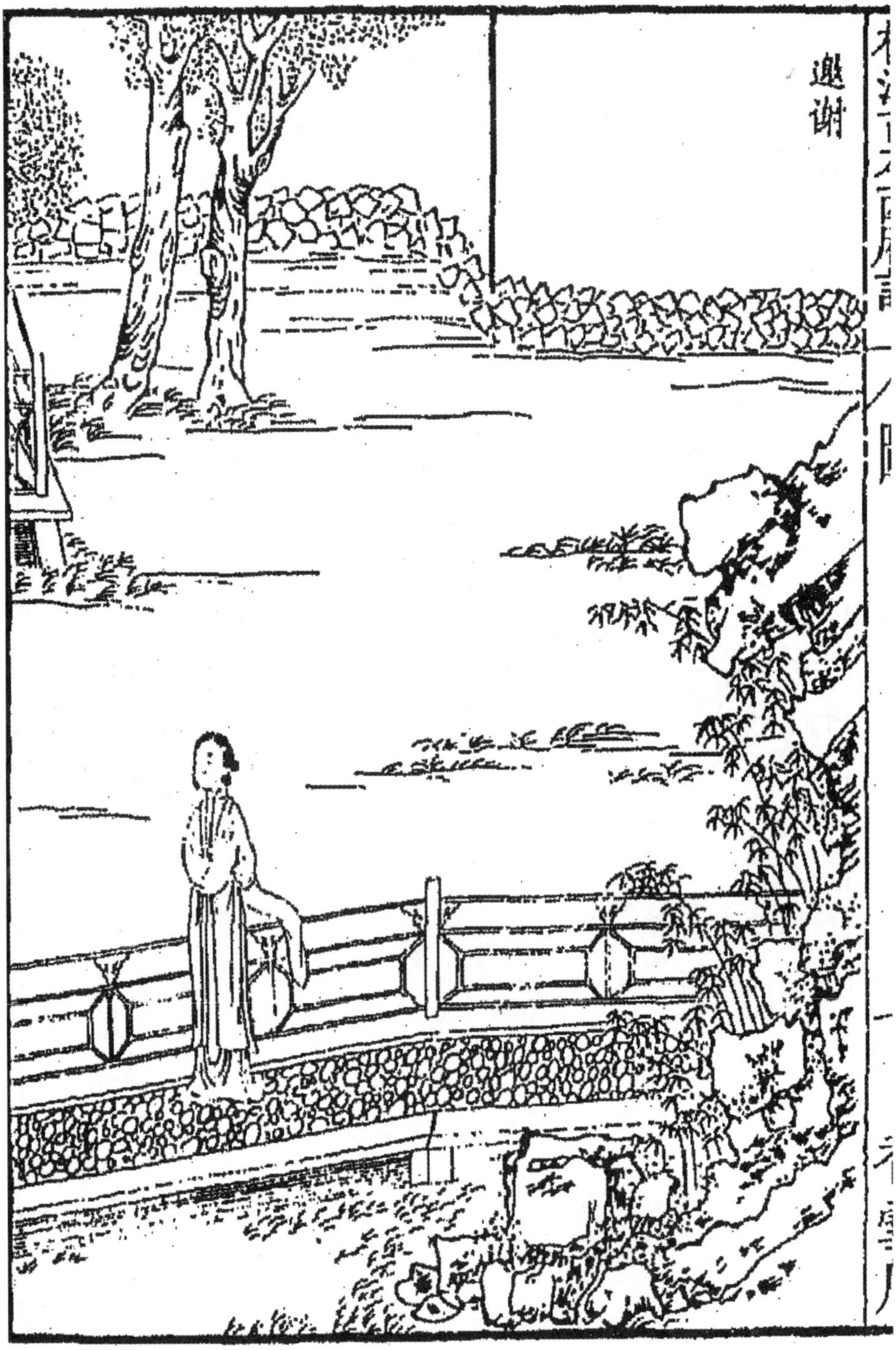

圖 11—14 邀謝（一）

圖 11—15　邀謝（二）

圖 11—16 負盟（一）

圖 11—17　負盟（二）

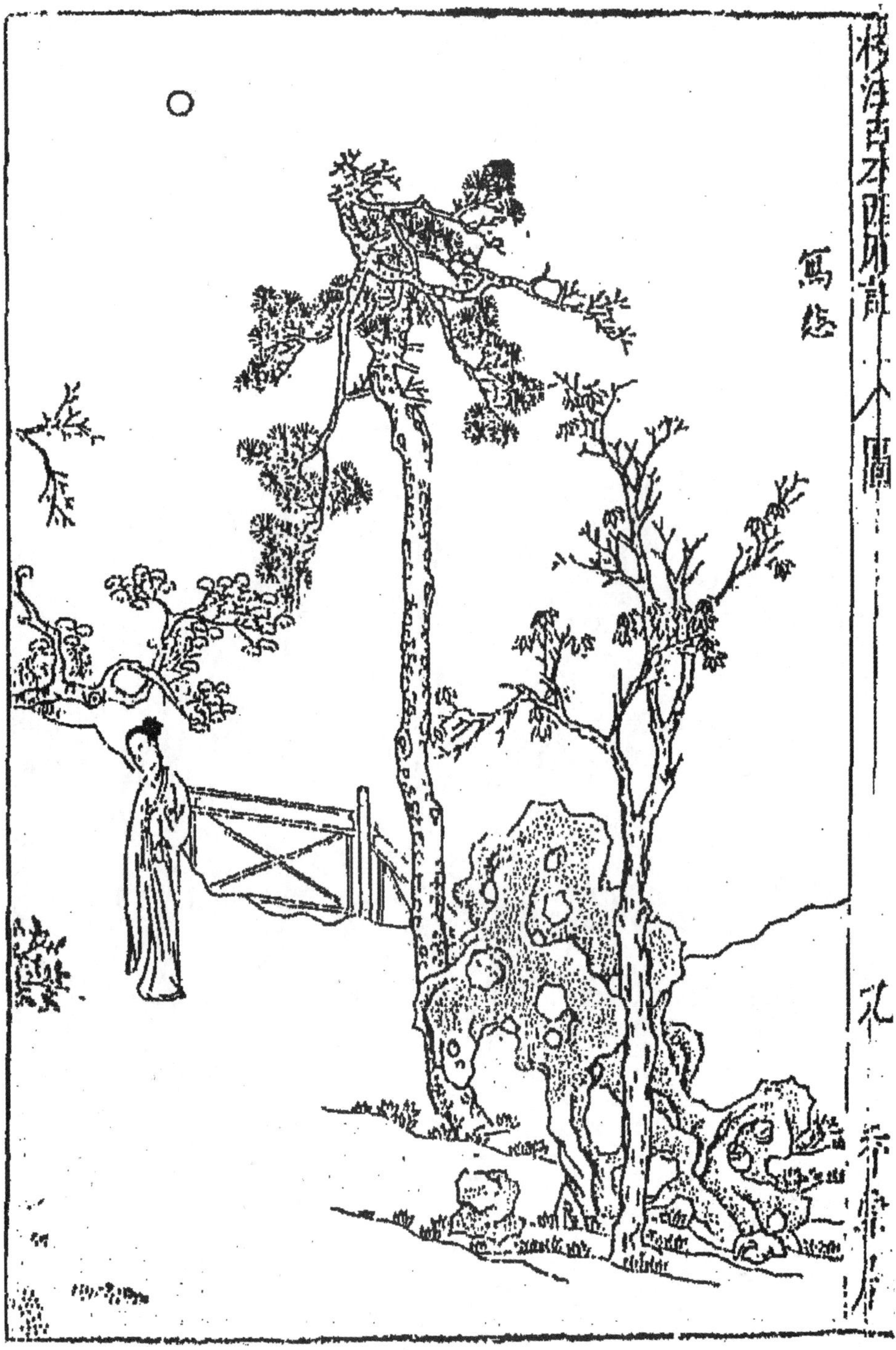

圖 11—18　寫怨（一）

圖 11—19　寫怨（二）

圖 11—20　傳書（一）

圖 11—21　傳書（二）

圖 11－22 **省簡（一）**

圖 11—23　省簡（二）

圖 11—24　**逾垣（一）**

圖 11—25　逾垣（二）

圖 11－26　訂約

圖 11—27　就歡

圖 11—28　說合（一）

圖 11—29 說合（二）

圖 11—30 説合（三）

圖 11—31　説合（四）

圖 11—32 傷離（一）

圖 11－33　傷離（二）

圖 11—34　驚夢（一）

圖 11—35　驚夢（二）

圖 11—36 報第（一）

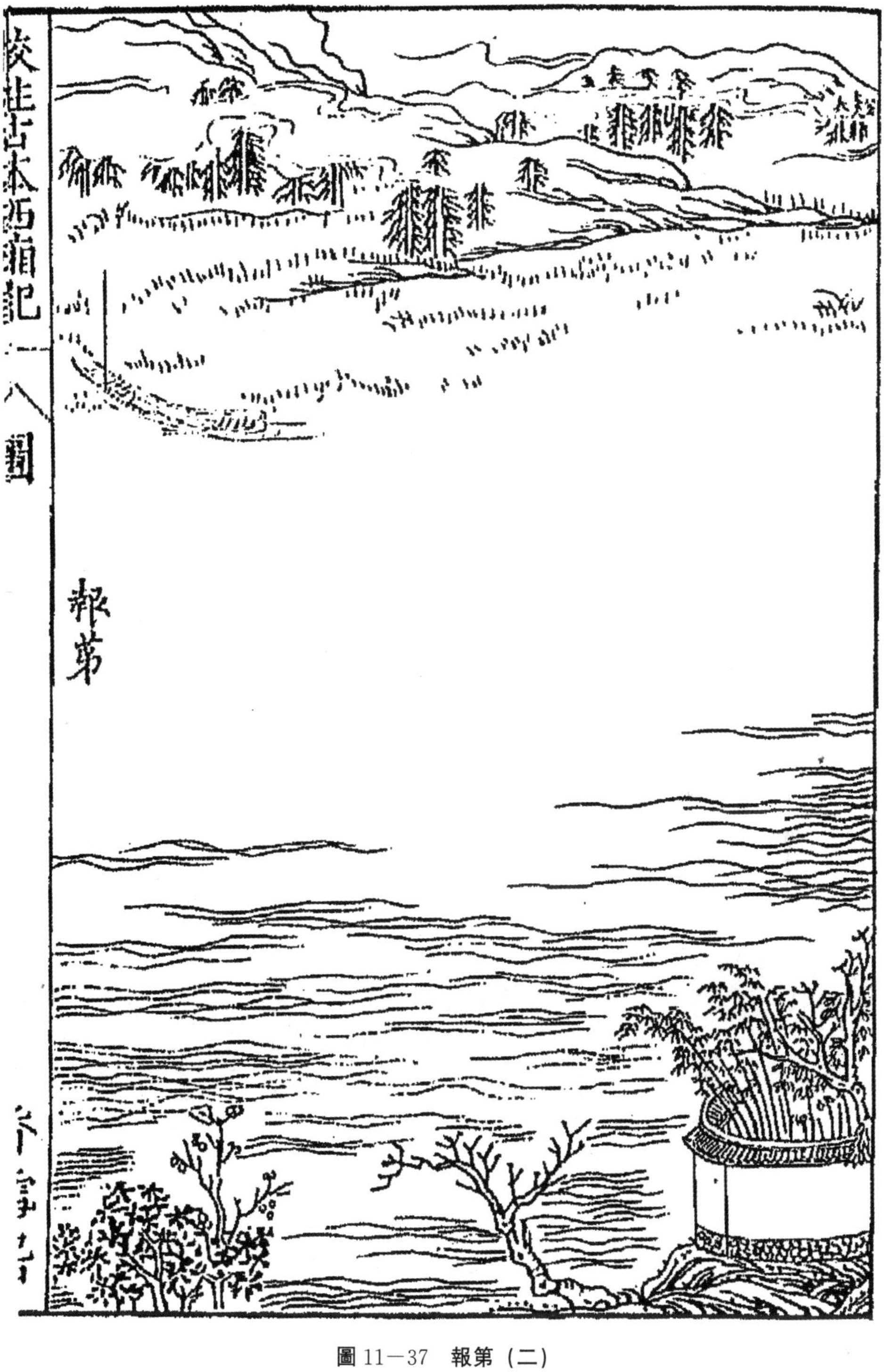

圖 11－37　報第（二）

圖 11—38　酬緘（一）

圖 11—39　酬緘（二）

圖 11—40 拒婚（一）

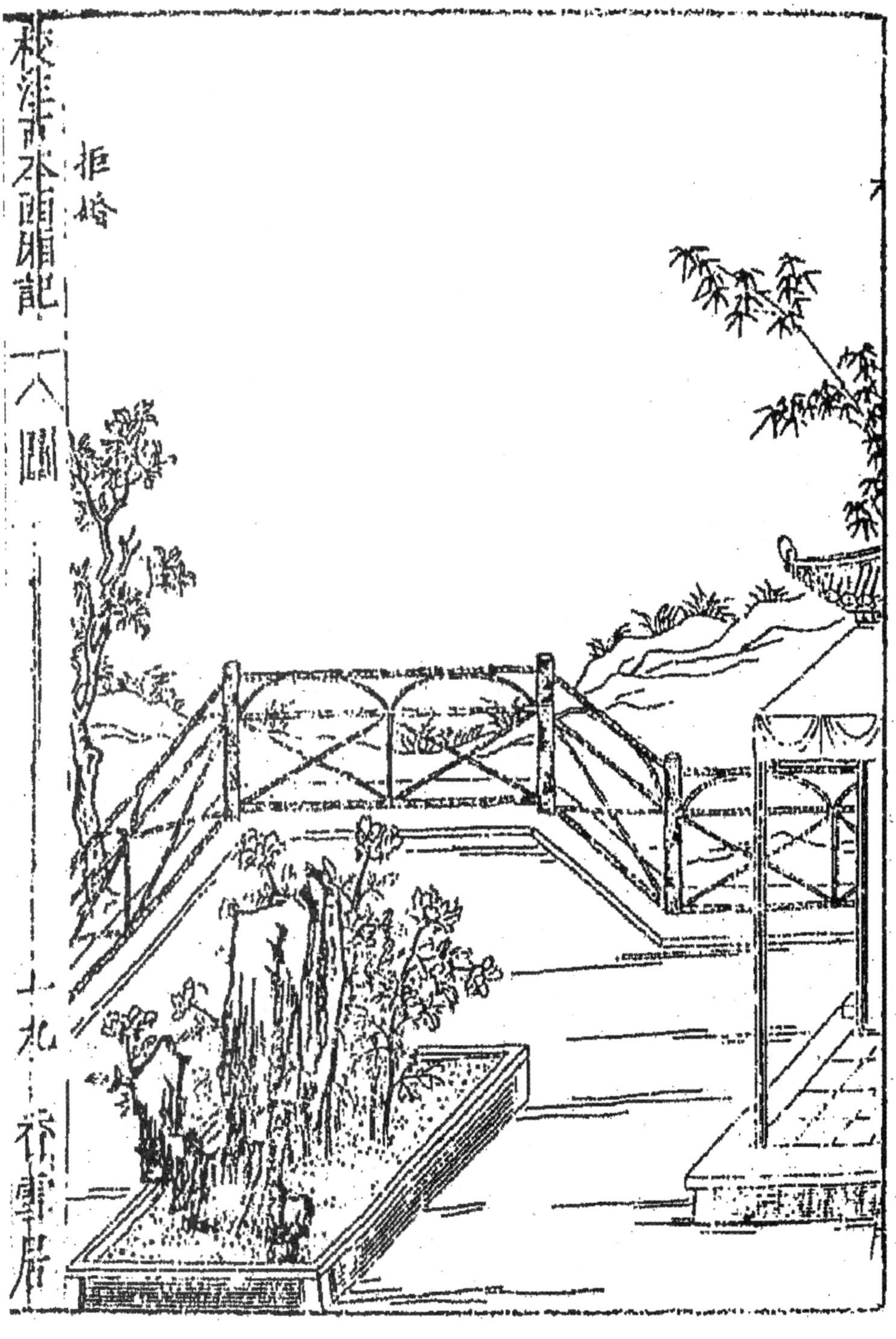

圖 11—41　拒婚（二）

圖 11—42 完配（一）

圖 11—43　完配（二）

《北西厢記》（何璧校本）版畫

明萬曆四十四年（1616）何璧校本《北西厢記》，簡稱“何本”。何璧，字玉長，號渤海逋客，福建福清人。爲人重情任俠，豪爽灑脱。其校刻《西厢記》，是出于對坊本市刻的不滿，故何本無點板斷句，無正襯題評，且去除諸多附録的白文本，因爲“會心人自有法眼”（書首何璧序）。

是書卷首依次爲何璧序、凡例四條、目録、插圖。書尾附録《會真記》。是書卷首目録後附《崔娘像》（摹仇英筆）等版畫，除“崔娘像”爲1幅單面版畫外，餘者爲雙面連式版畫16幅，圖無文字，共計17幅。

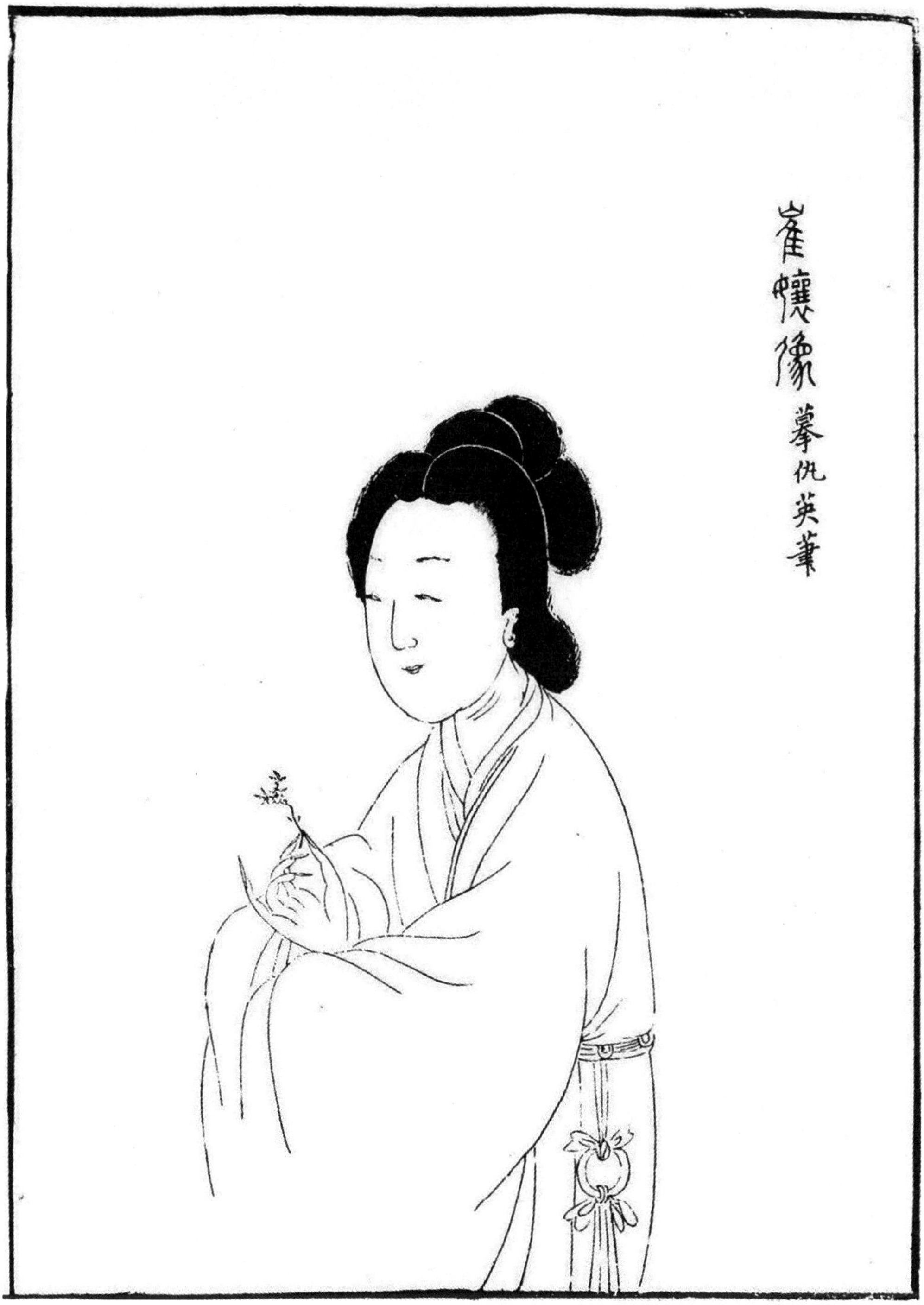

圖 12—1　**崔娘像**

圖 12—2

圖 12—3

圖 12—4

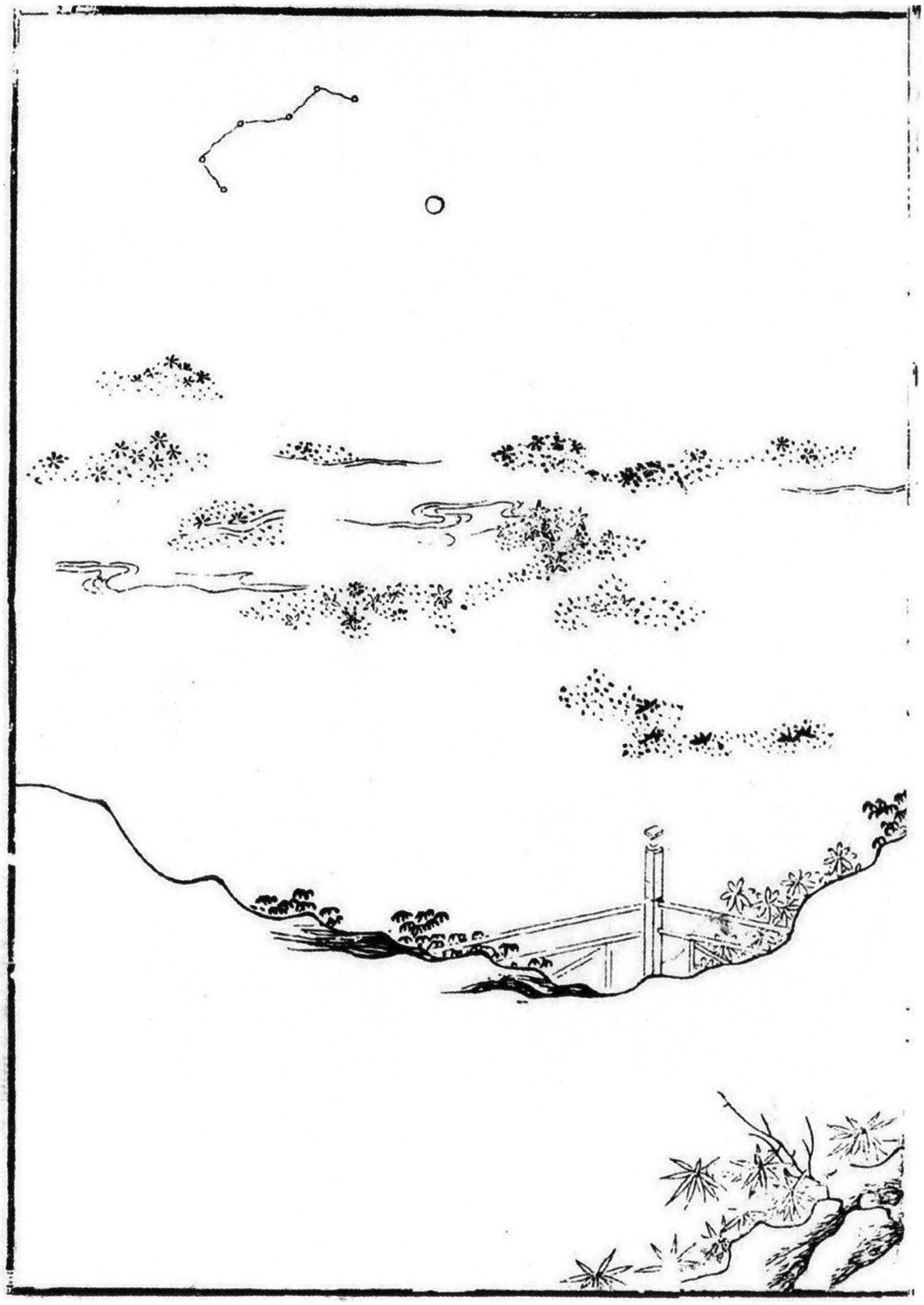

圖 12—5

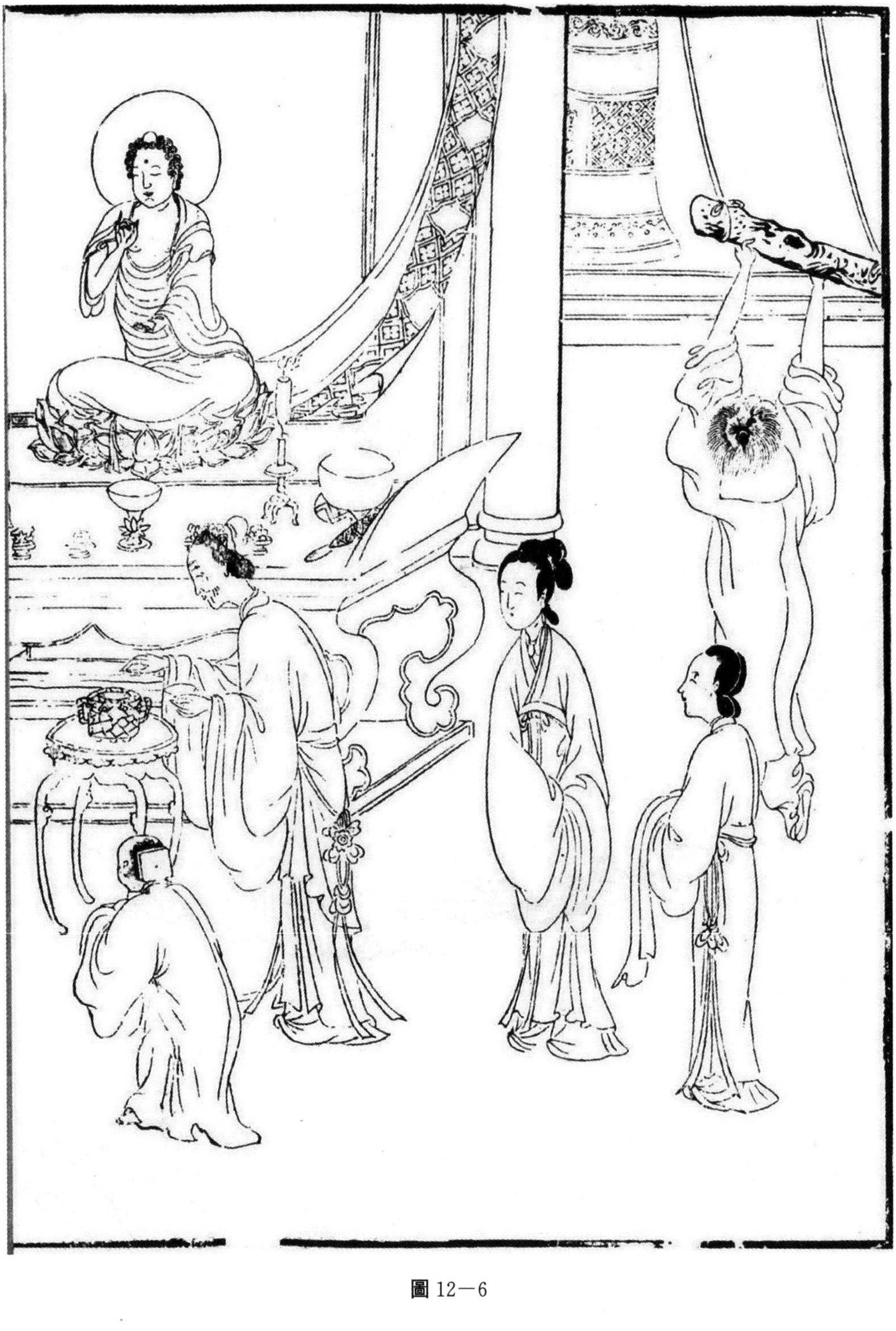

圖 12—6

圖 12—7

圖 12—8

圖 12—9

圖 12—10

圖 12—11

圖 12—12

圖 12—13

圖 12—14

圖 12—15

圖 12—16

圖 12—17

《鼎鎸陳眉公先生批評西厢記》（蕭騰鴻師儉堂刻本）版畫

《鼎鎸陳眉公先生批評西厢記》（簡稱“陳本”），明萬曆四十六年（1618）蕭騰鴻師儉堂刻本。是書上卷卷首依次爲：題款余文熙的“六曲奇序”，題款“雲間陳繼儒題”《西厢序》，“鼎鎸陳眉公先生批評會真記”（上有眉批），題款“洞天主人霍林湯賓尹撰”《西湖勝景記》（中有插圖二副），陳眉公先生批評西厢記卷上目録，附錢塘夢（有眉批），上卷卷尾附有“陳眉公先生釋義西厢記卷之上”（含字音）。下卷卷首爲：陳眉公先生批評西厢記卷下目録，卷尾附有“陳眉公先生釋義西厢記卷之下”（含字音），附園林午夢（有眉批），“鼎鎸陳眉公先生批評蒲東詩”（有眉批）。

是書卷首《西湖勝景記》附有 4 幅雙面連式版畫，正文每隔一到兩齣配有 2 幅雙面連式版畫，共計 24 幅。

圖 13—1　西湖勝景記（一）　卷首

圖 13—2　西湖勝景記（二）　卷首

圖13—3　西湖勝景記（三）　卷首

圖 13—4　西湖勝景記(四)　卷首

圖 13－5　佛殿奇逢（一）　第一齣

圖 13－6　佛殿奇逢（二）　第一齣

圖 13—7 墻角吟詩（一） 第三齣

圖 13－8　**墻角吟詩（二）　第三齣**

圖 13－9　**白馬解圍（一）　第五齣**

圖 13—10　**白馬解圍（二）　第五齣**

圖 13—11 **夫人停婚（一） 第七齣**

圖 13—12　**夫人停婚（二）　第七齣**

圖13—13　**妝臺窺簡（一）　第十齣**

圖 13—14　妝臺窺簡（二）　第十齣

圖 13—15　**乘夜逾墻（一）　第十一齣**

圖 13—16　乘夜逾墙 (二)　第十一齣

圖 13－17 月下佳期（一） 第十三齣

圖 13－18　月下佳期（二）　第十三齣

圖 13—19 **長亭送別（一） 第十五齣**

圖 13—20 長亭送別（二） 第十五齣

圖 13－21 尺素緘愁（一） 第十八齣

圖 13—22　**尺素緘愁（二）**　**第十八齣**

圖 13－23　衣錦還鄉（一）　第二十齣

圖 13－24　衣錦還鄉（二）　第二十齣

《新刊考正全相評釋北西厢記》（金陵文秀堂刊本）版畫

《新刊考正全相評釋北西厢記》，簡稱“秀本”，明萬曆後期金陵文秀堂刊本。卷首標“綉像音注西伯合刻本，畫仿元筆，金閶十乘樓梓”，“西”指《西厢記》，“伯”指《琵琶記》蔡伯喈，故是書爲兩書合刻本。繼其後是題款“文秀堂謹識”的“重刻北西厢記序”，“校正全像注釋北西厢記評林目録”，正文又作“新刊考正全像評釋北西厢記一卷，白阜肩雲逸叟校，金陵文秀堂梓”。

全書正文二十齣，除第九齣《錦字傳情》無圖，其餘每齣配雙面連式版畫 2 幅。圖上均配有文字，兩圖合起來爲每齣之題名和一對聯語。卷尾附《錢塘夢》配四面連式版畫 4 幅，又附“鶯鶯遺照”單面版畫 1 幅，共計 43 幅圖。

圖 14－1 蕭寺奇逢（一） 第一齣

圖 14－2　**蕭寺奇逢（二）　第一齣**

圖 14—3　**僧房假寓（一）　第二齣**

圖 14—4　僧房假寓（二）　第二齣

圖 14－5　墻角聯吟（一）　第三齣

2095《新刊考正全相評釋北西厢記》（金陵文秀堂刊本）版畫

圖 14－6　墻角聯吟（二）　第三齣

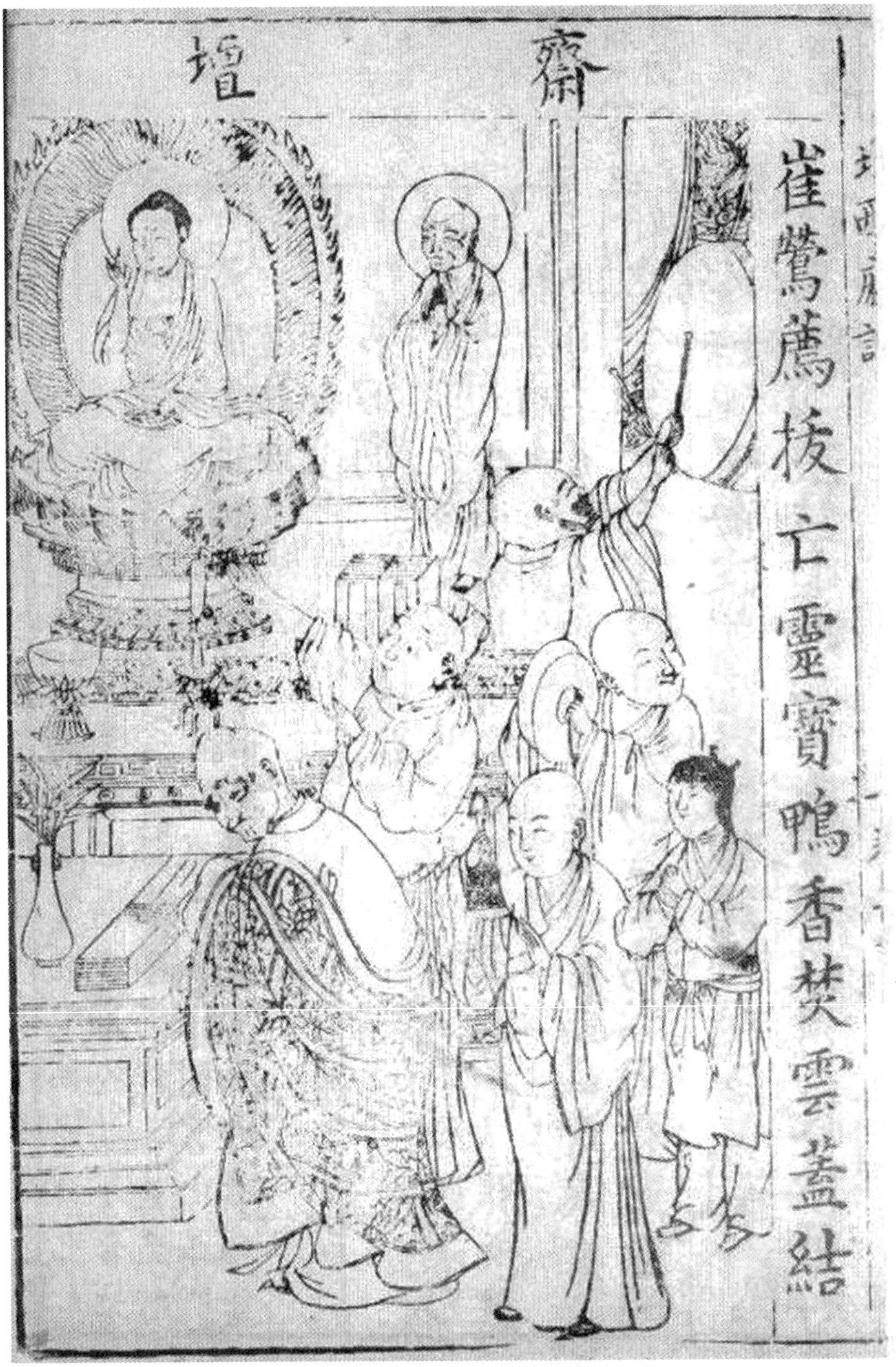

圖 14－7 齋壇鬧會（一） 第四齣

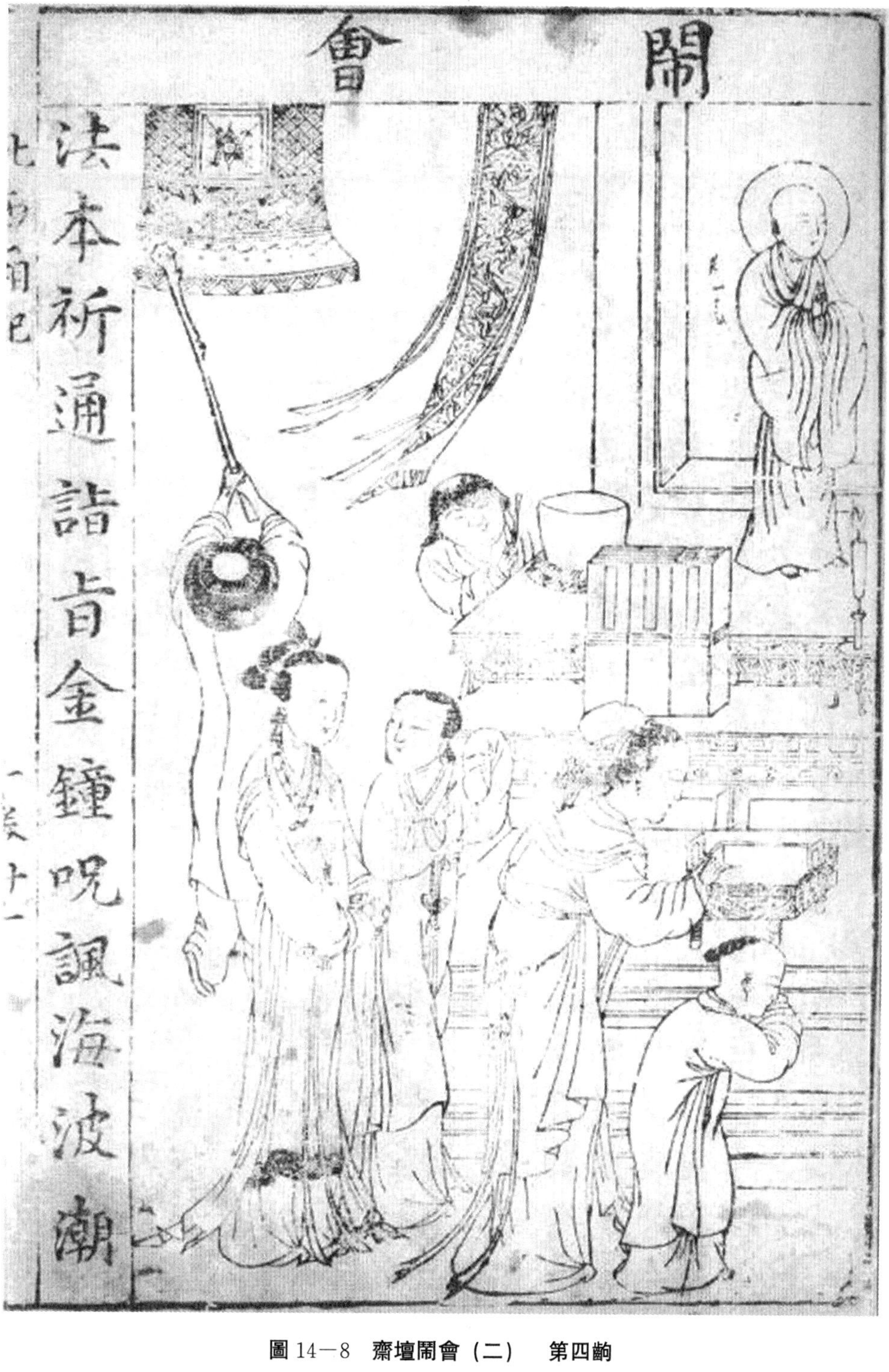

圖 14—8　齋壇鬧會（二）　第四齣

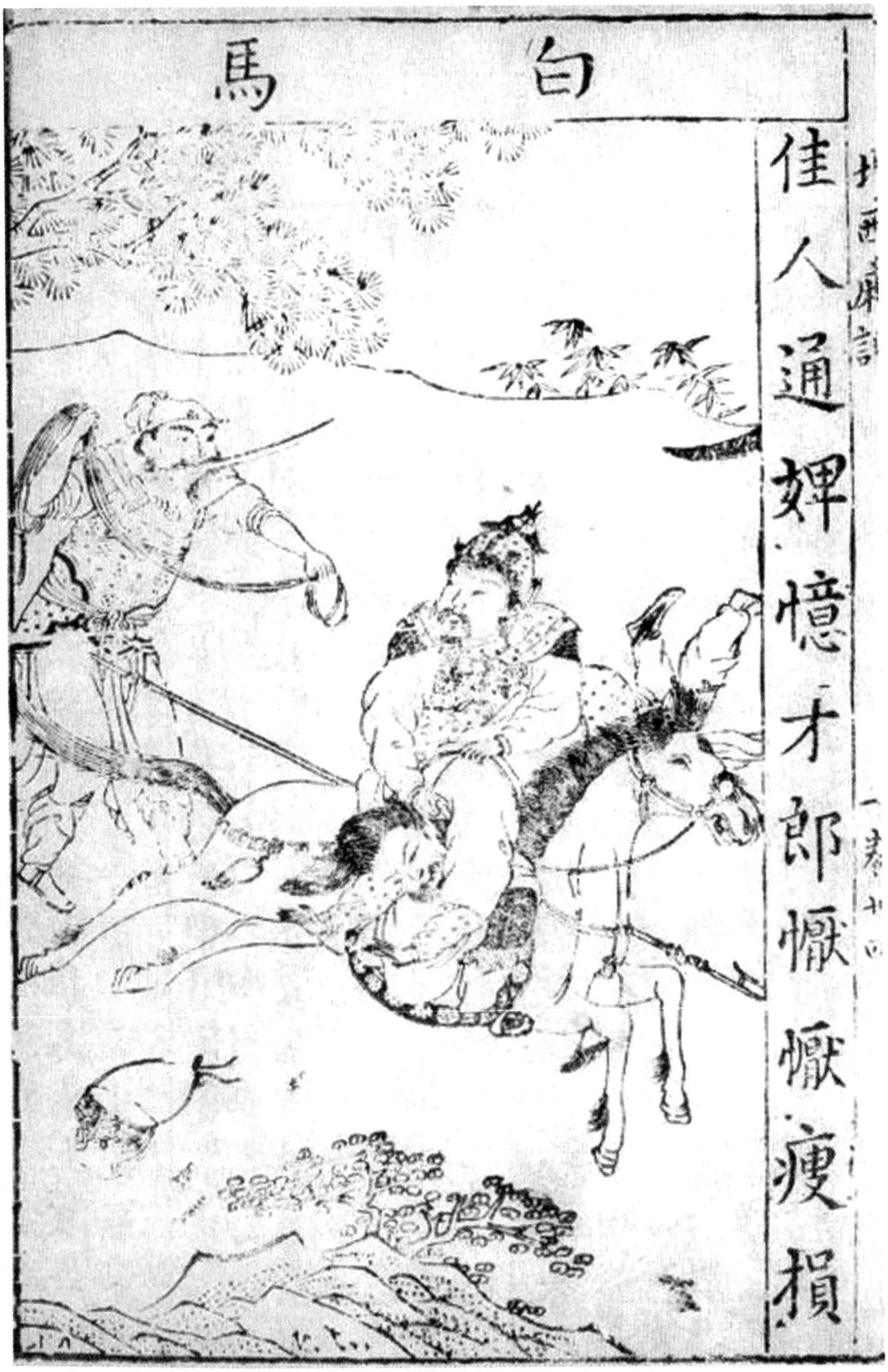

圖 14－9　**白馬解圍（一）　第五齣**

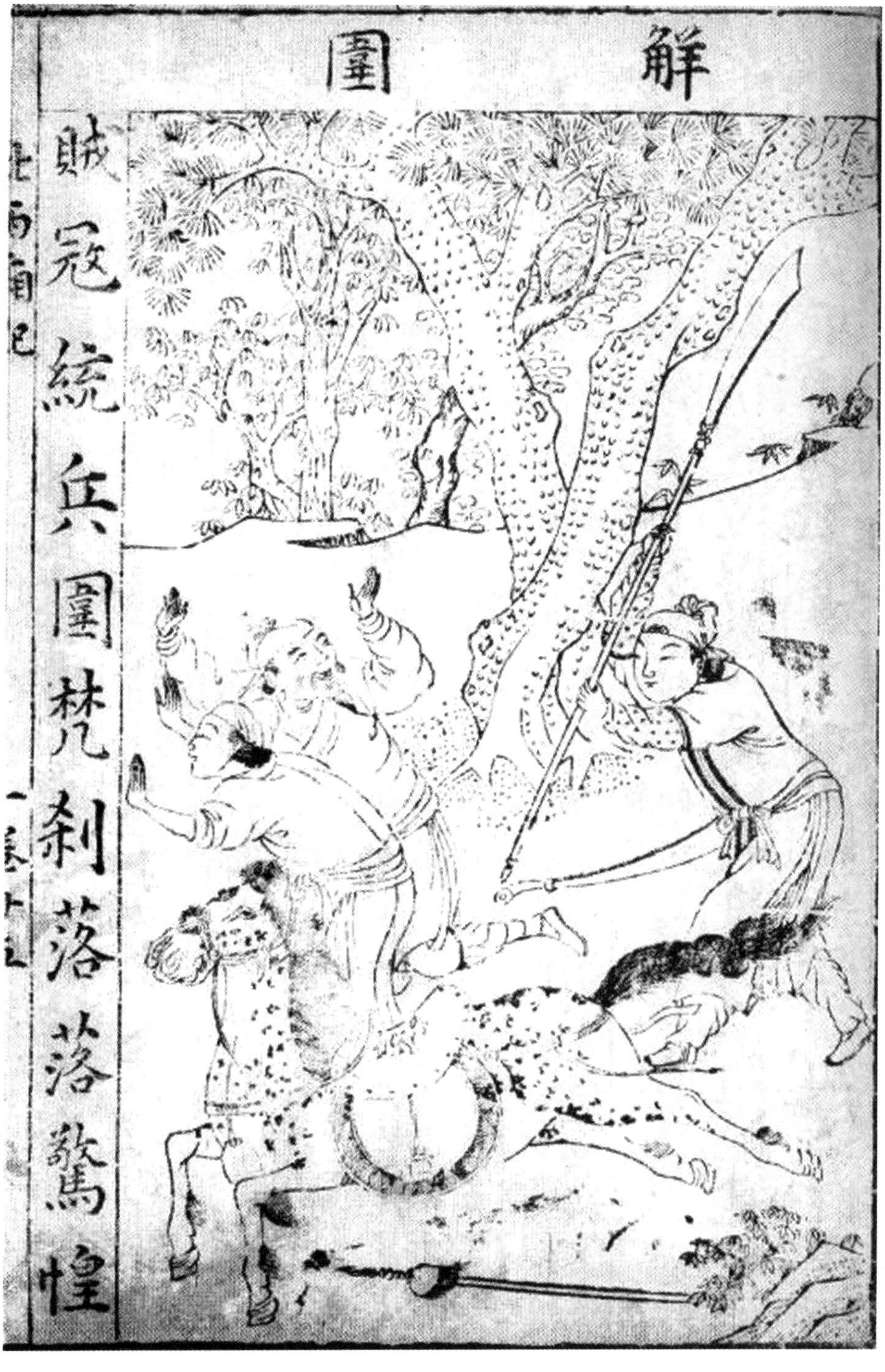

圖 14—10　**白馬解圍（二）**　**第五齣**

圖 14—11　東閣酬賓（一）　第六齣

圖 14－12　東閣酬賓（二）　第六齣

圖 14—13 **背義停婚（一） 第七齣**

圖 14－14　**背義停婚（二）**　**第七齣**

圖 14－15 **琴心寫怨（一） 第八齣**

圖 14—16　琴心寫怨（二）　第八齣

圖 14—17 妝臺窺柬（一） 第十齣

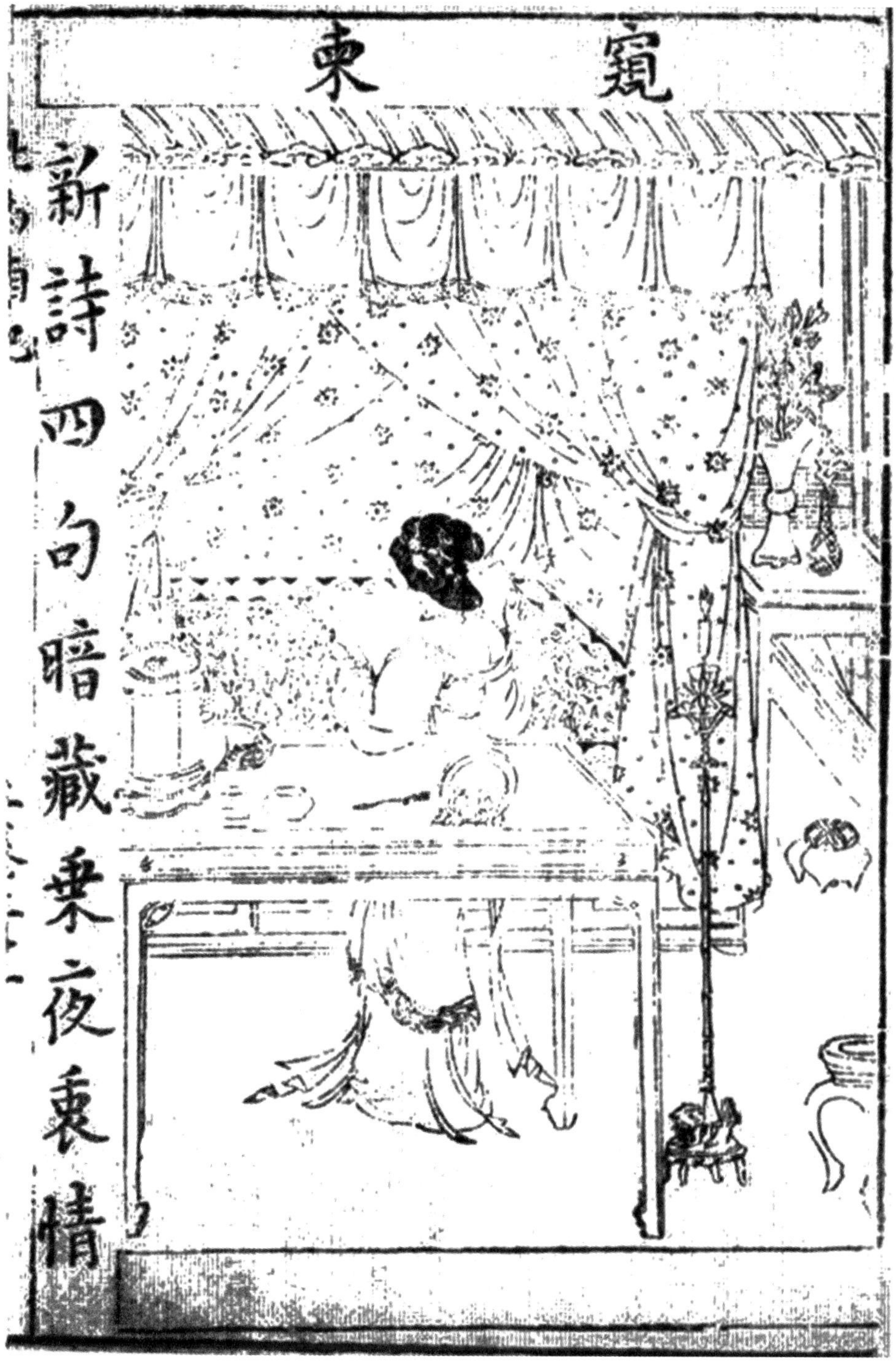

圖 14—18　**妝臺窺柬（二）　第十齣**

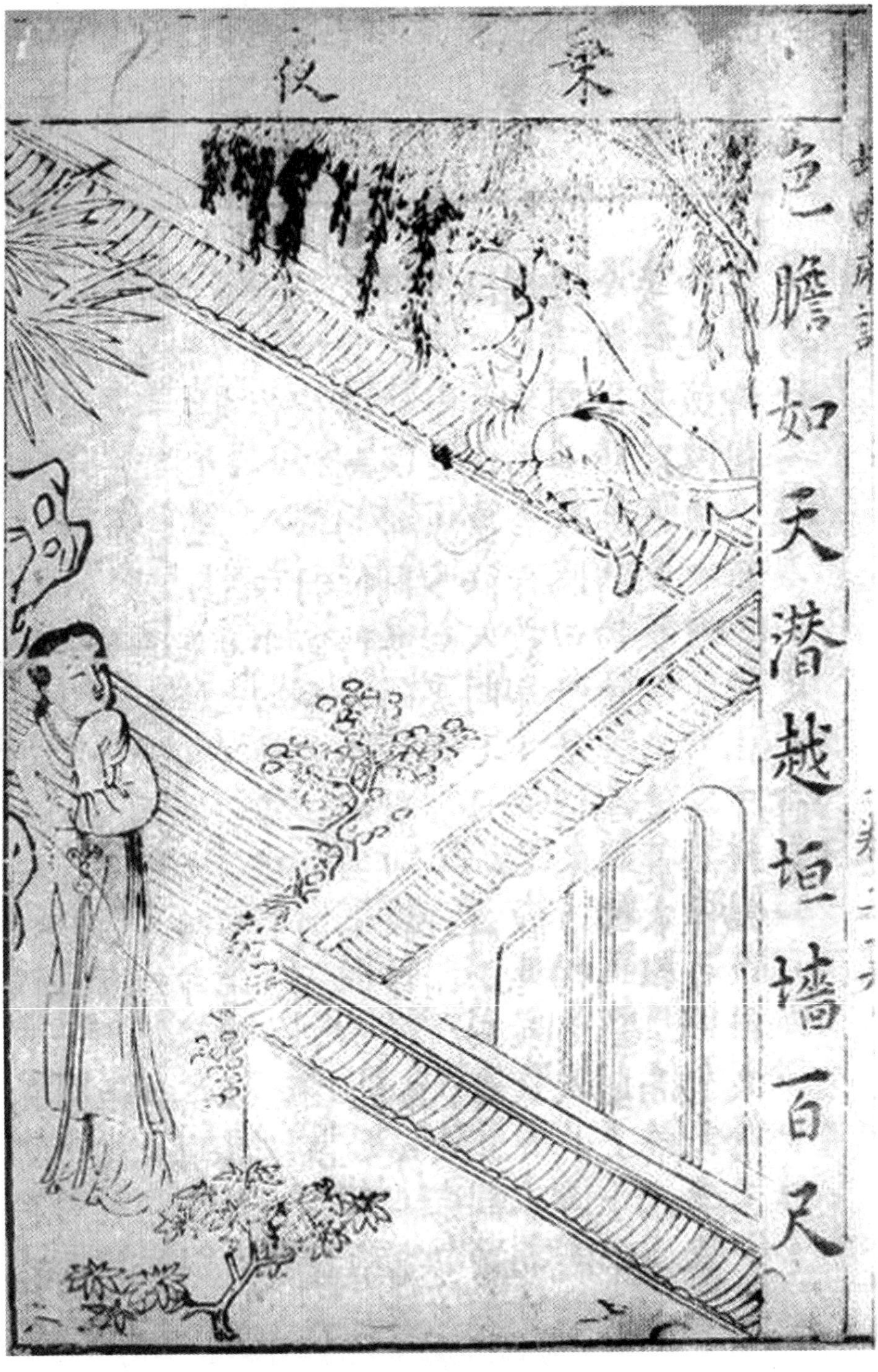

圖 14－19　乘夜逾墙（一）　第十一齣

圖 14—20　**乘夜逾墻（二）　第十一齣**

圖 14—21　**遣紅問恙（一）　第十二齣**

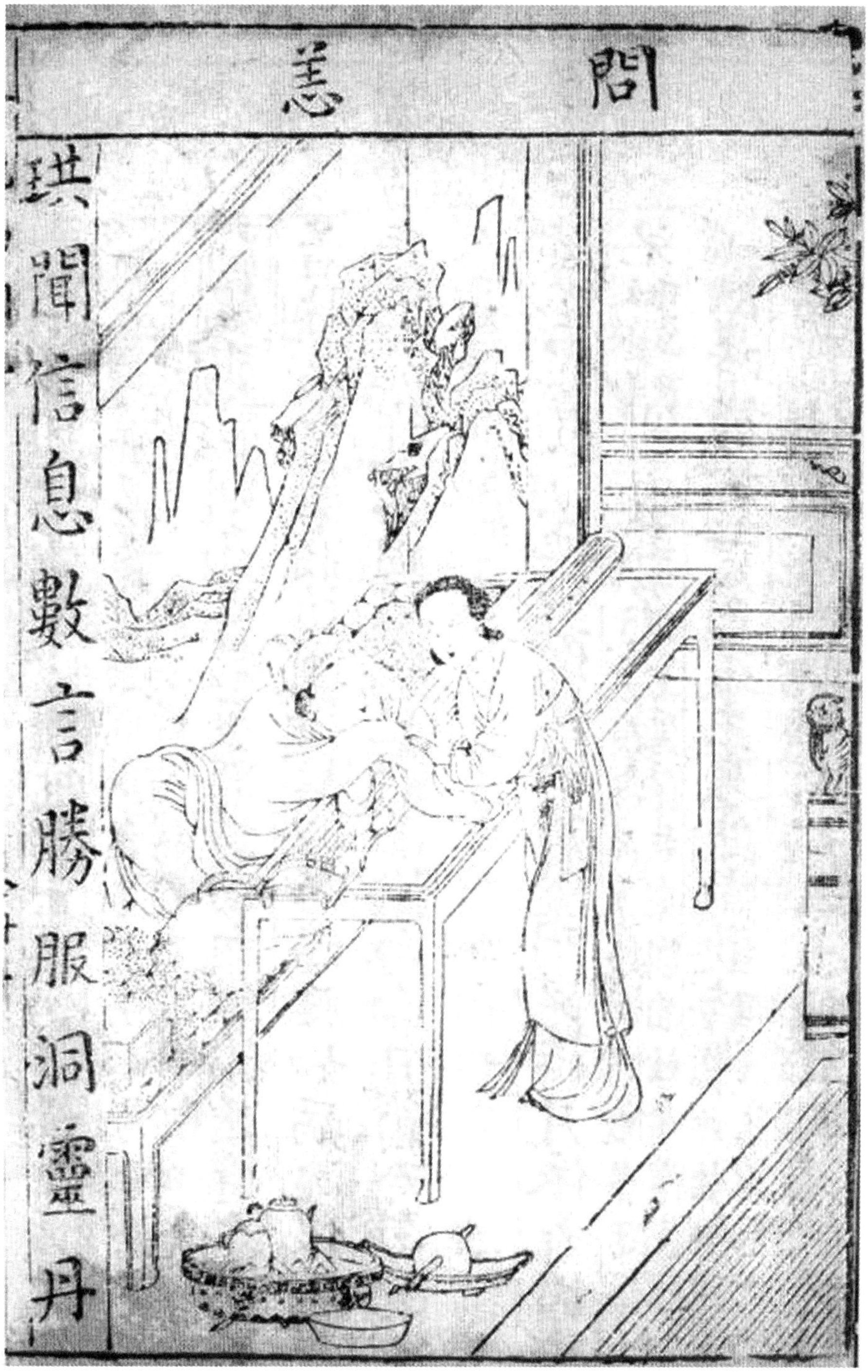

圖 14－22　遣紅問恙（二）　第十二齣

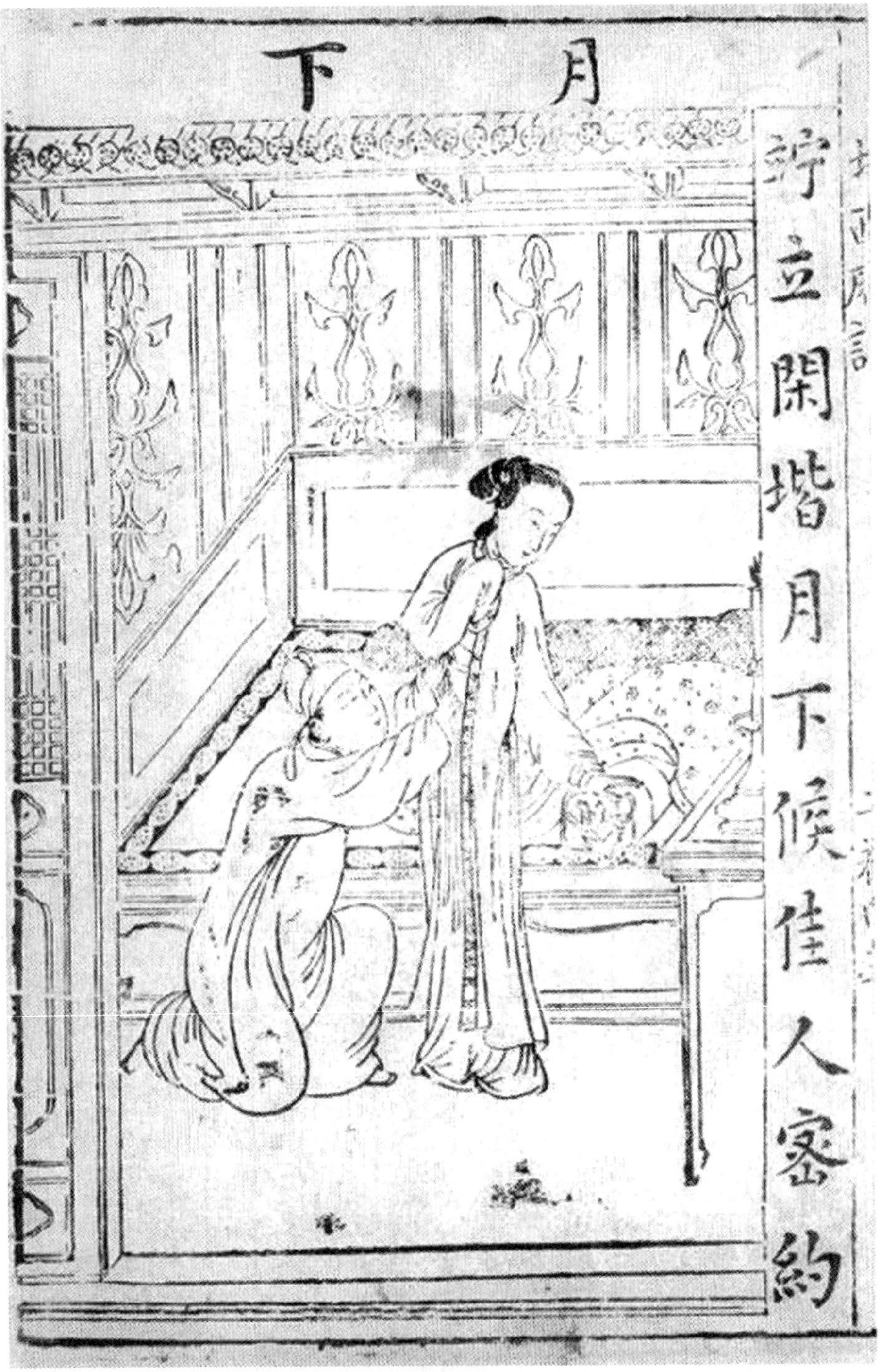

圖 14—23 **月下佳期（一） 第十三齣**

圖 14—24　月下佳期（二）　第十三齣

圖 14—25　**堂前巧辯（一）　第十四齣**

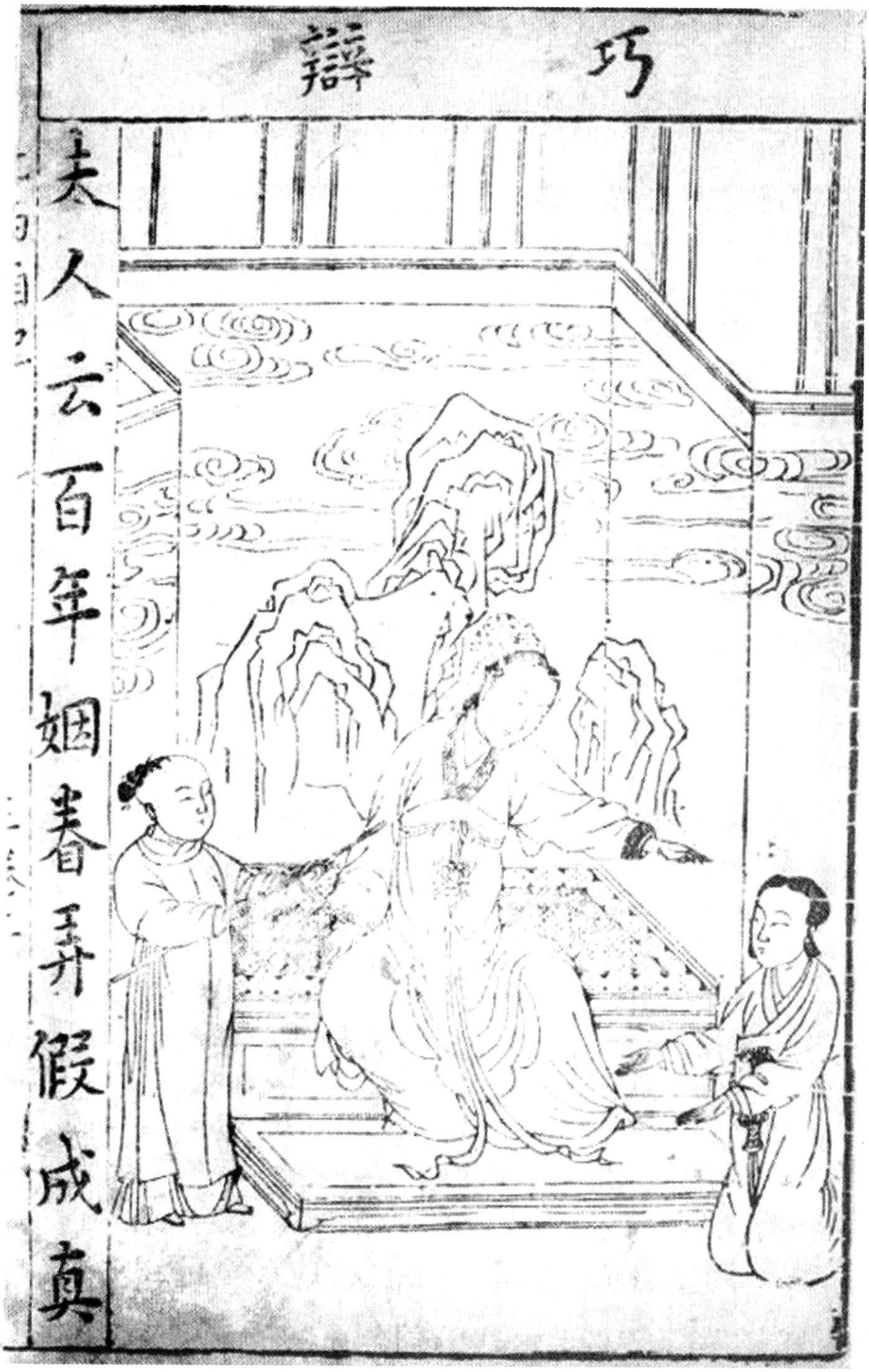

圖 14－26　堂前巧辯（二）　第十四齣

圖 14－27　長亭送别（一）　第十五齣

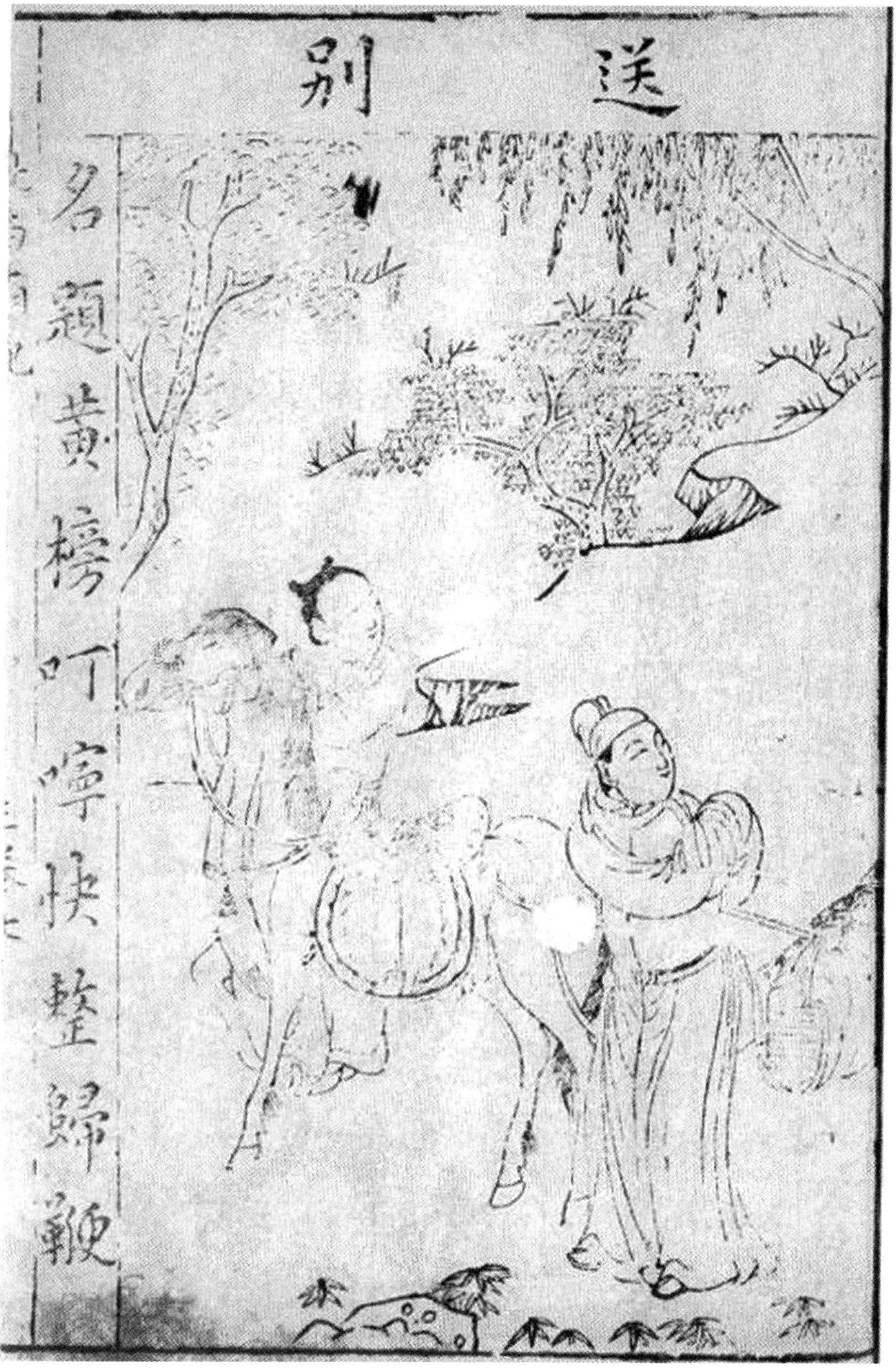

圖 14－28　長亭送别（二）　第十五齣

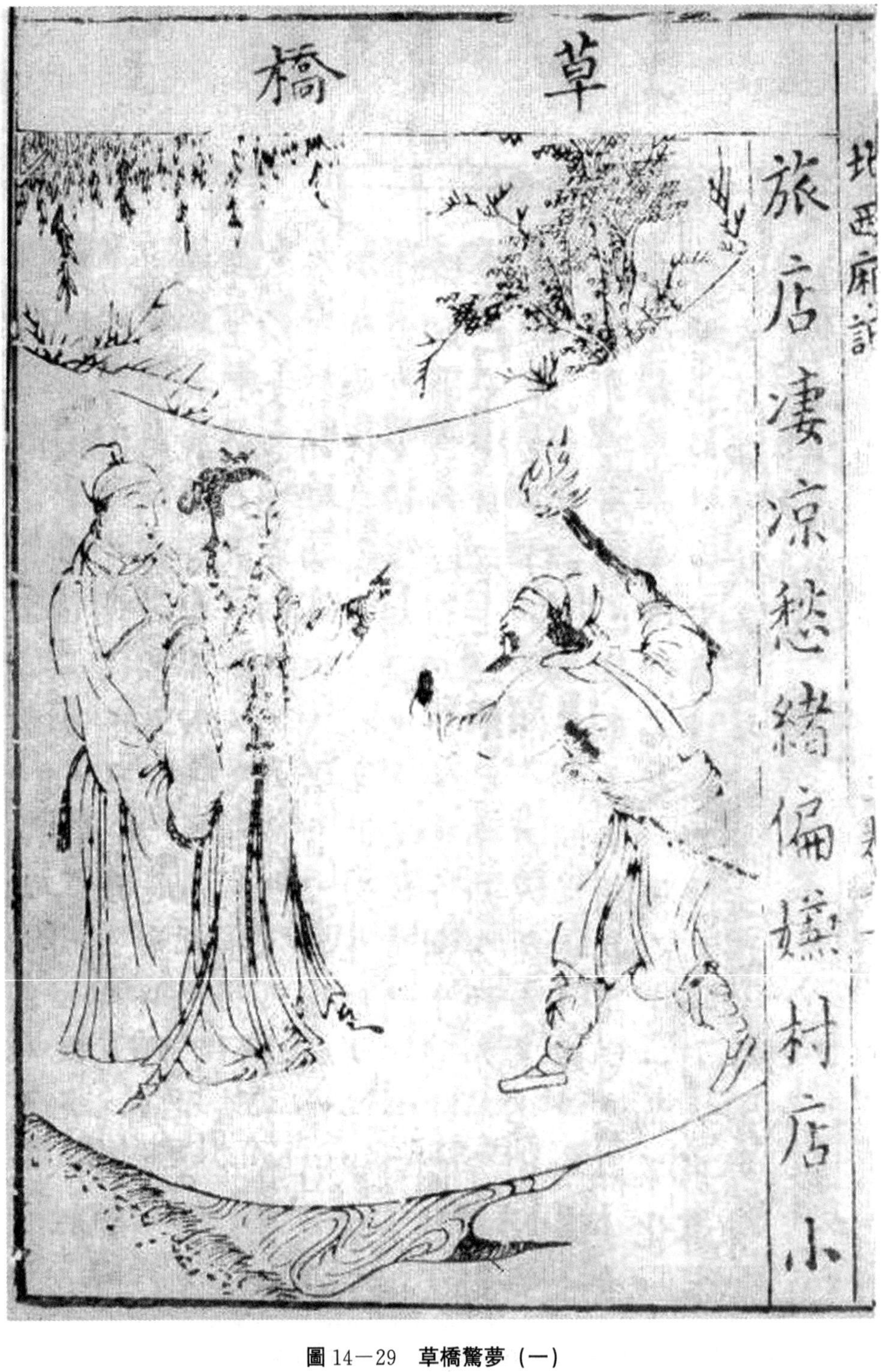

圖 14—29 **草橋驚夢（一）**

2119《新刊考正全相評釋北西厢記》（金陵文秀堂刊本）版畫

圖 14—30　**草橋驚夢（二）**

圖 14－31　泥金報捷（一）　第十七齣

圖 14—32　泥金報捷（二）　第十七齣

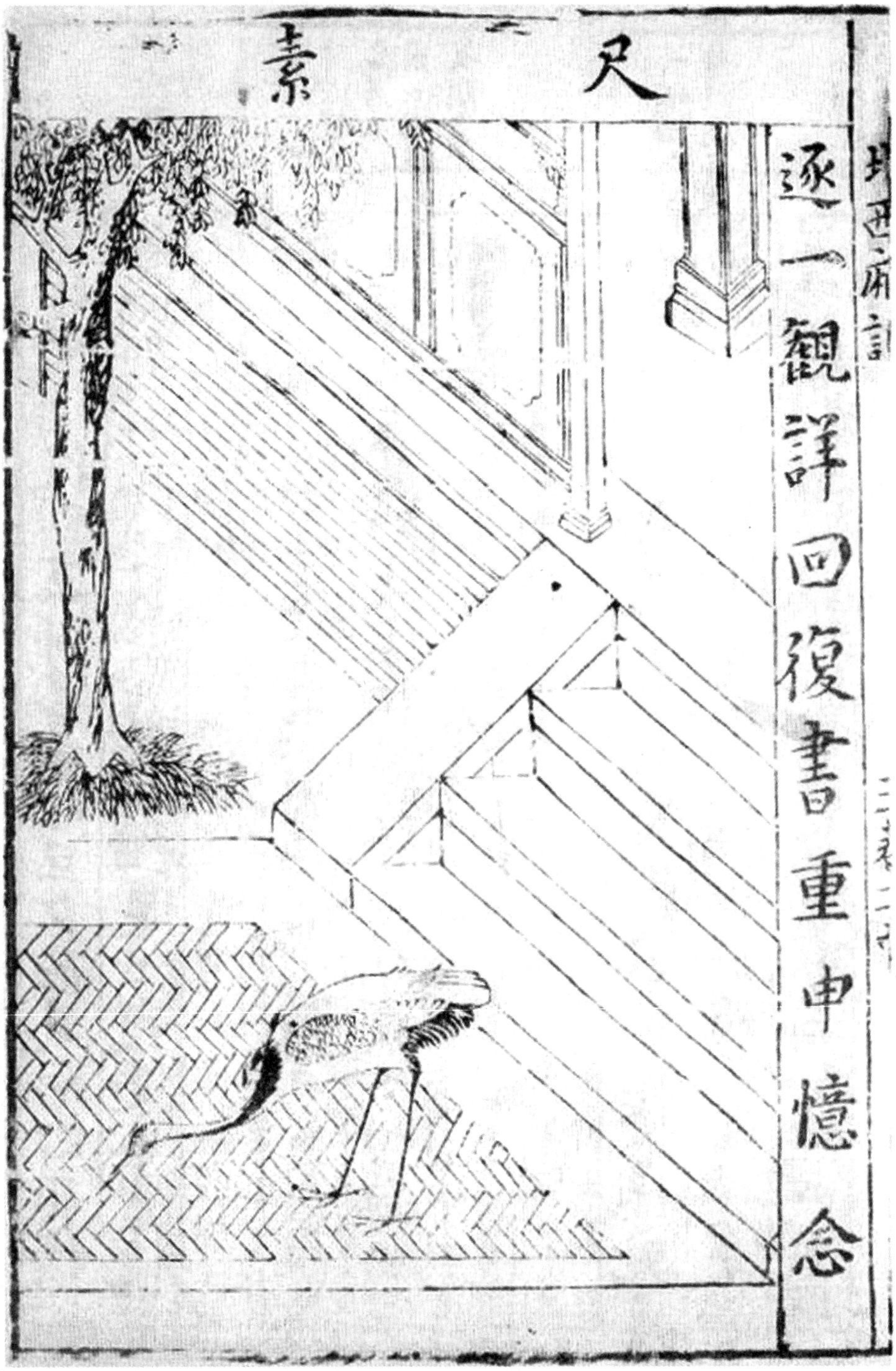

圖 14—33　尺素緘愁（一）　第十八齣

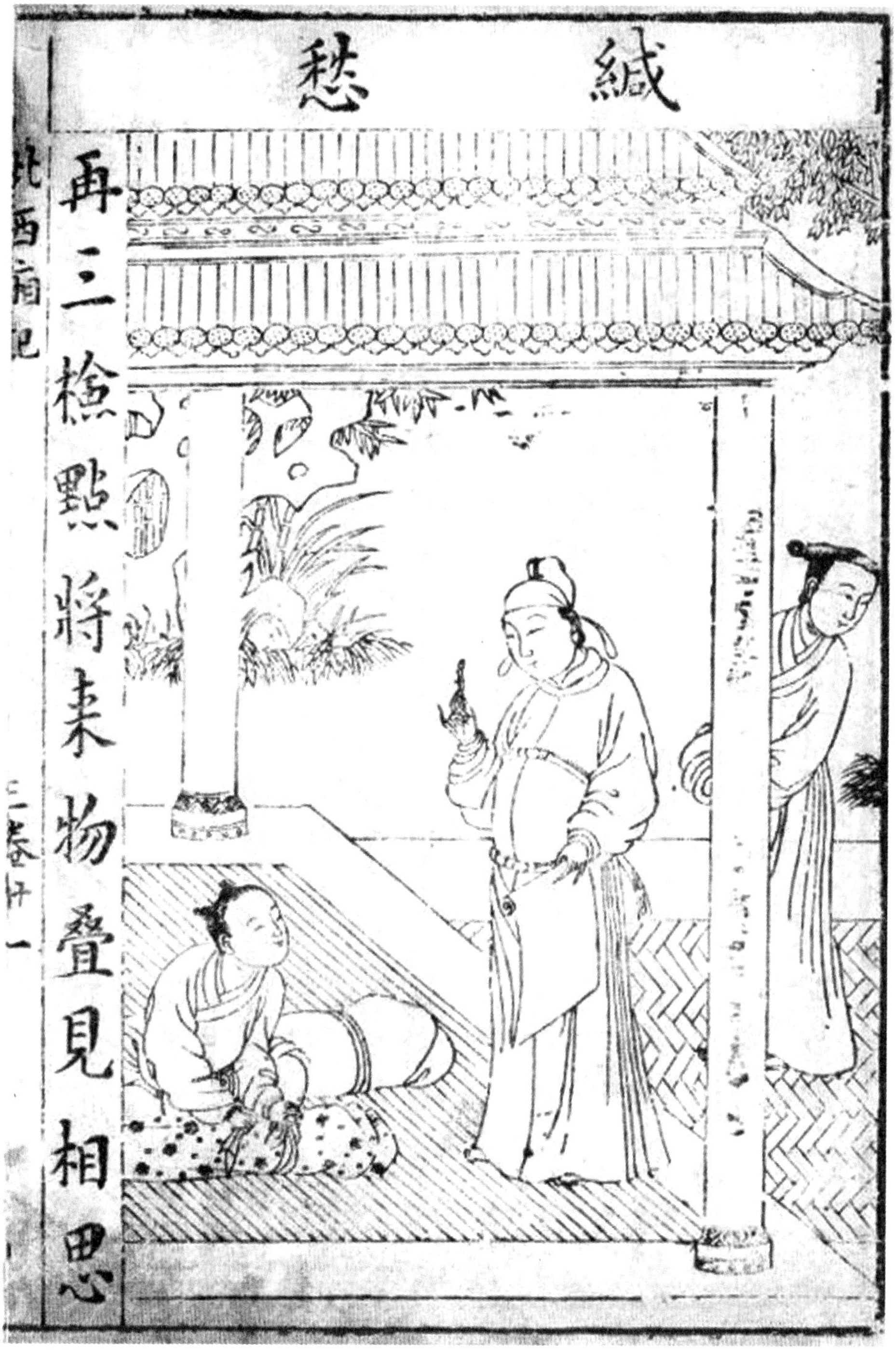

圖 14－34　尺素緘愁（二）　第十八齣

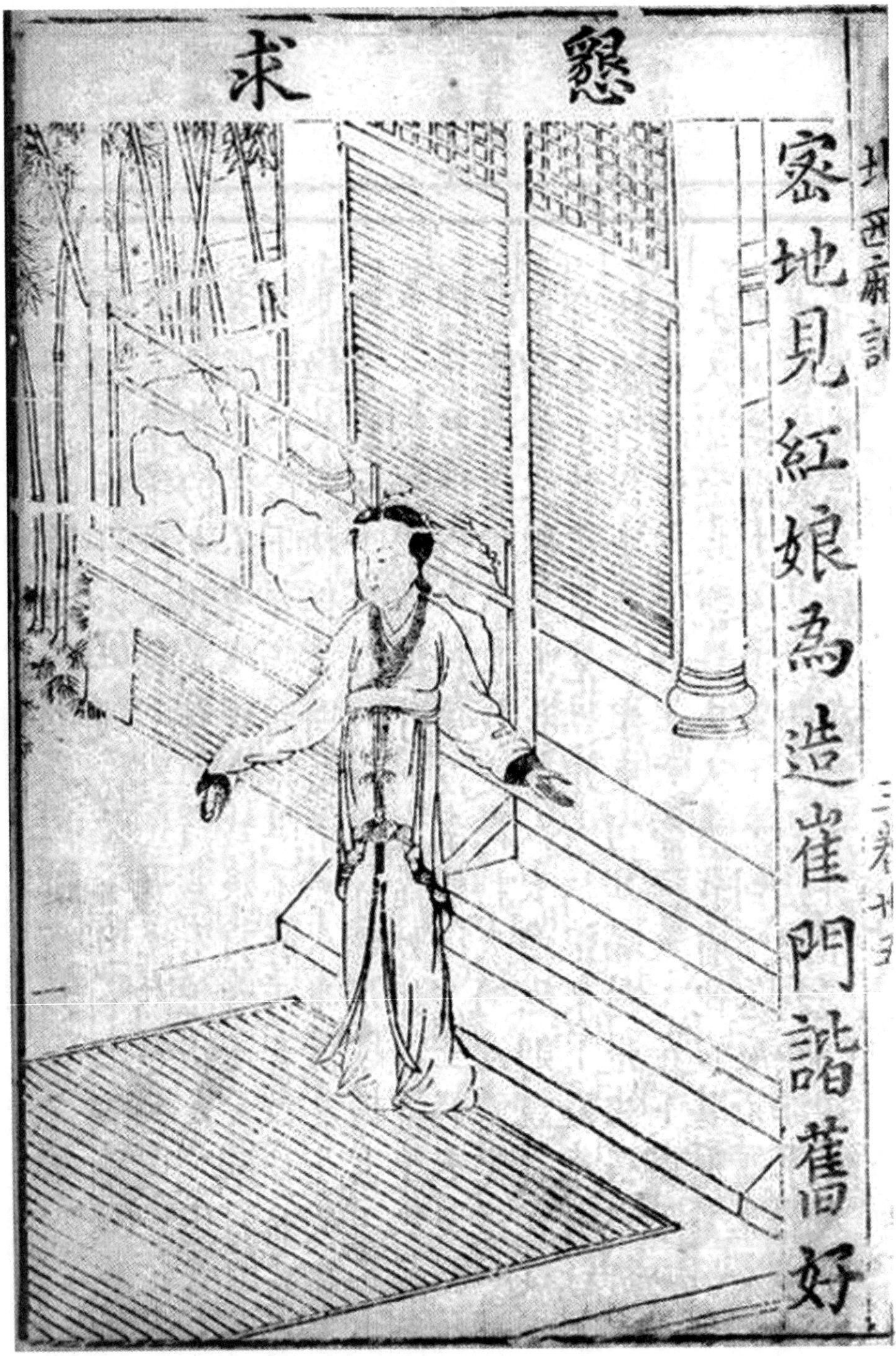

圖 14—35 **懇求匹配（一） 第十九齣**

圖 14—36 **懇求匹配（二） 第十九齣**

圖 14—37　**衣錦還鄉（一）　第二十齣**

圖 14—38 衣錦還鄉（二） 第二十齣

圖 14－39　杭州西湖佳境之圖（一）　卷尾附《錢塘夢》

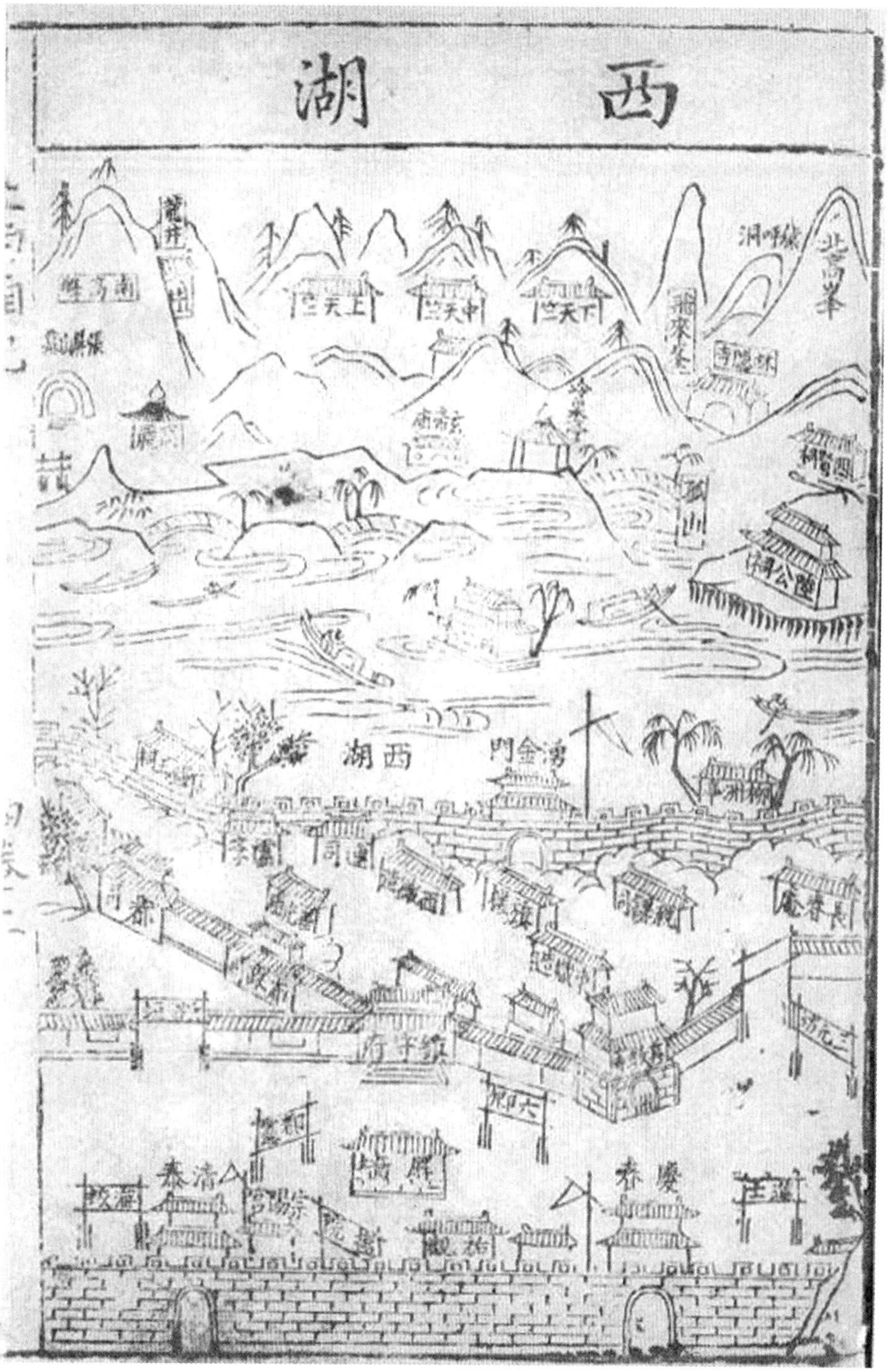

圖 14—40　**杭州西湖佳境之圖（二）**　**卷尾附《錢塘夢》**

圖 14—41 杭州西湖佳境之圖（三） 卷尾附《錢塘夢》

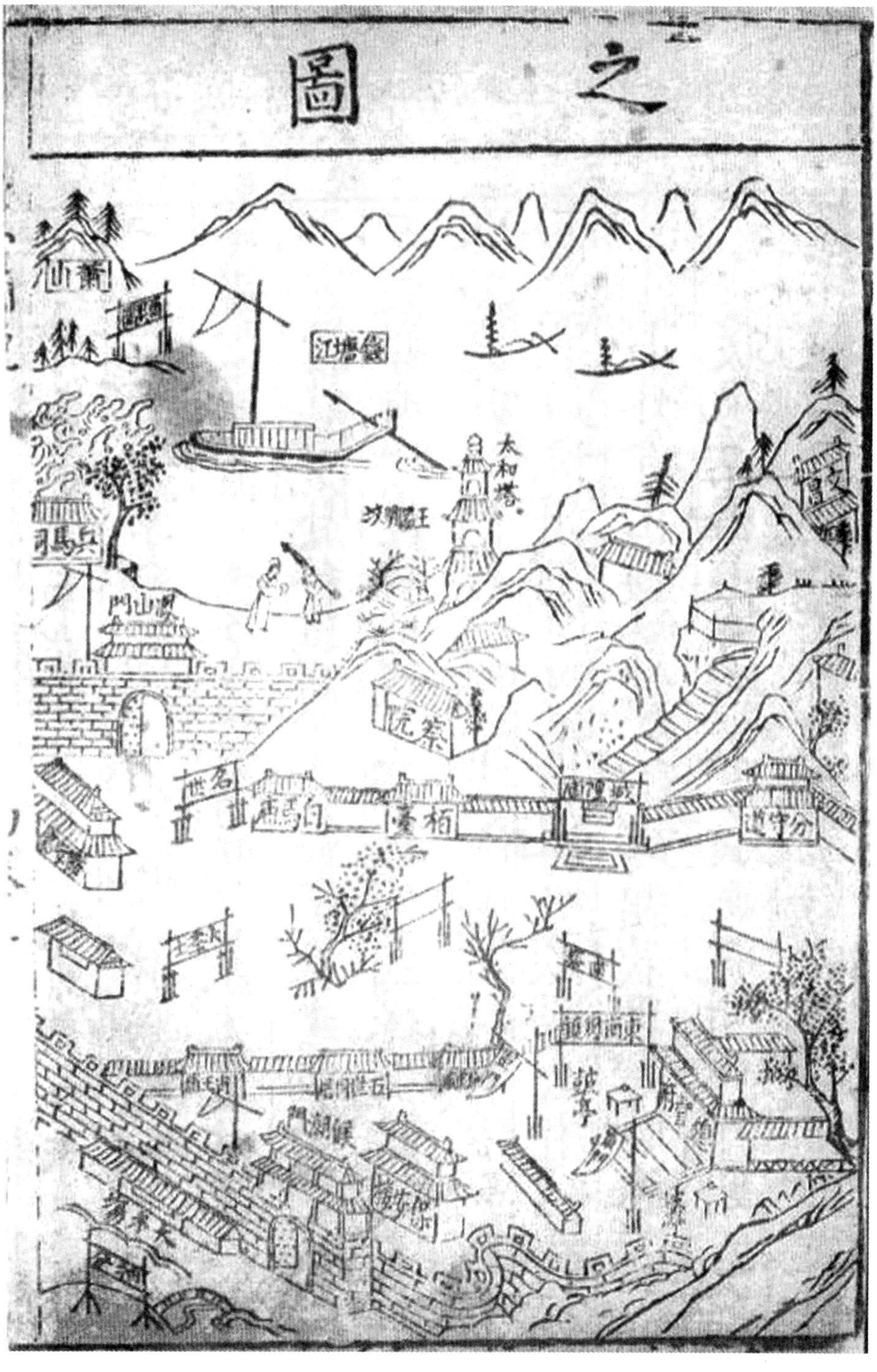

圖 14—42　杭州西湖佳境之圖（四）　卷尾附《錢塘夢》

圖 14—43　**鶯鶯遺照　卷尾附**

《詞壇清玩：西厢定本》（槃邁碩人修改定本）版畫

《詞壇清玩：西厢定本》，簡稱爲“西厢定本”，明天啓元年（1621）刻本。係明代槃邁碩人（徐奮鵬）參校了《西厢記》的衆多版本和相關來源本改編而成。

是書共有三十摺，每頁書口上有“西厢定本”的字樣。書首附有版畫29幅，除“鶯鶯遺照”爲單面版畫外，餘者均爲雙面連式版畫。

圖 15—1　**鶯鶯遺照**

圖 15－2 日午當庭塔影圓（一）

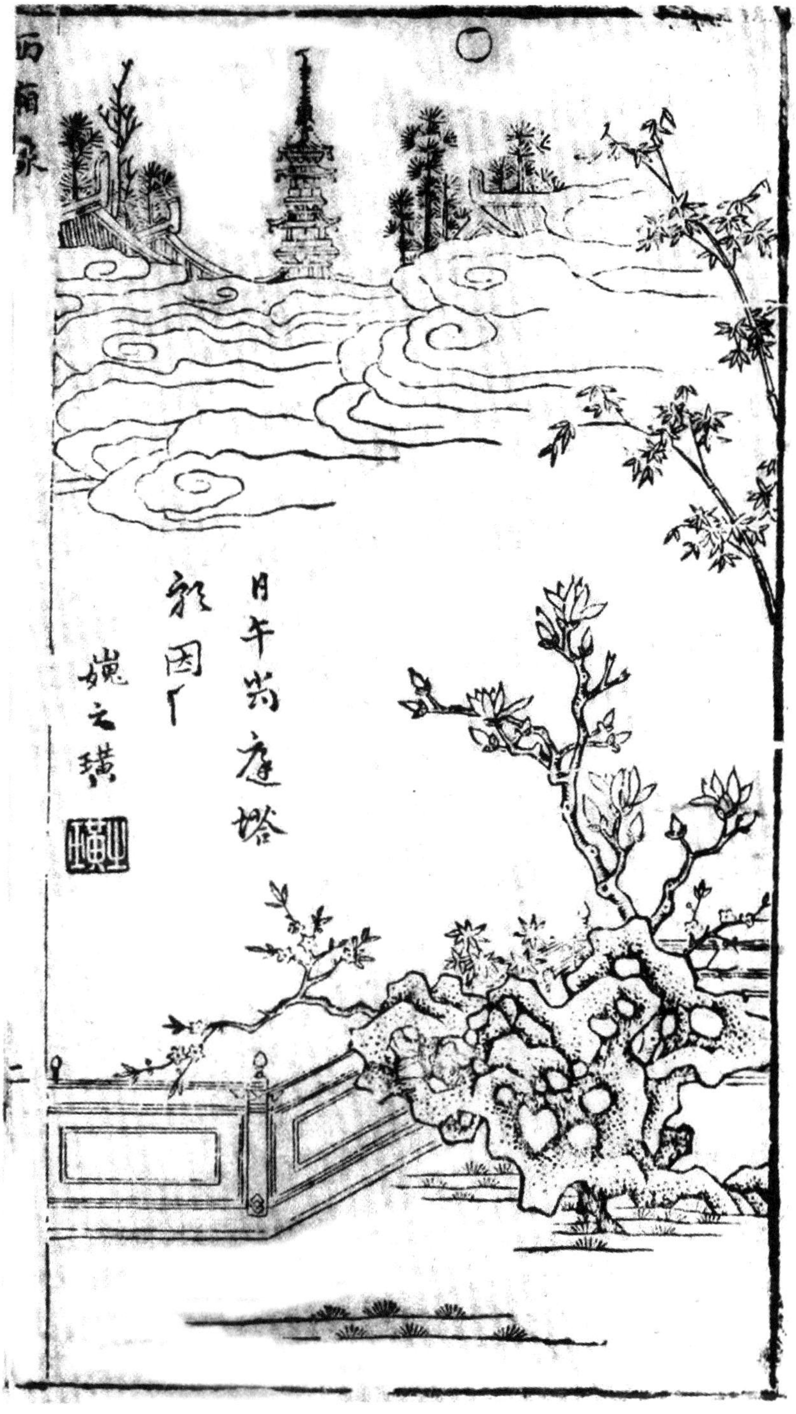

圖 15－3　**日午當庭塔影圓（二）**

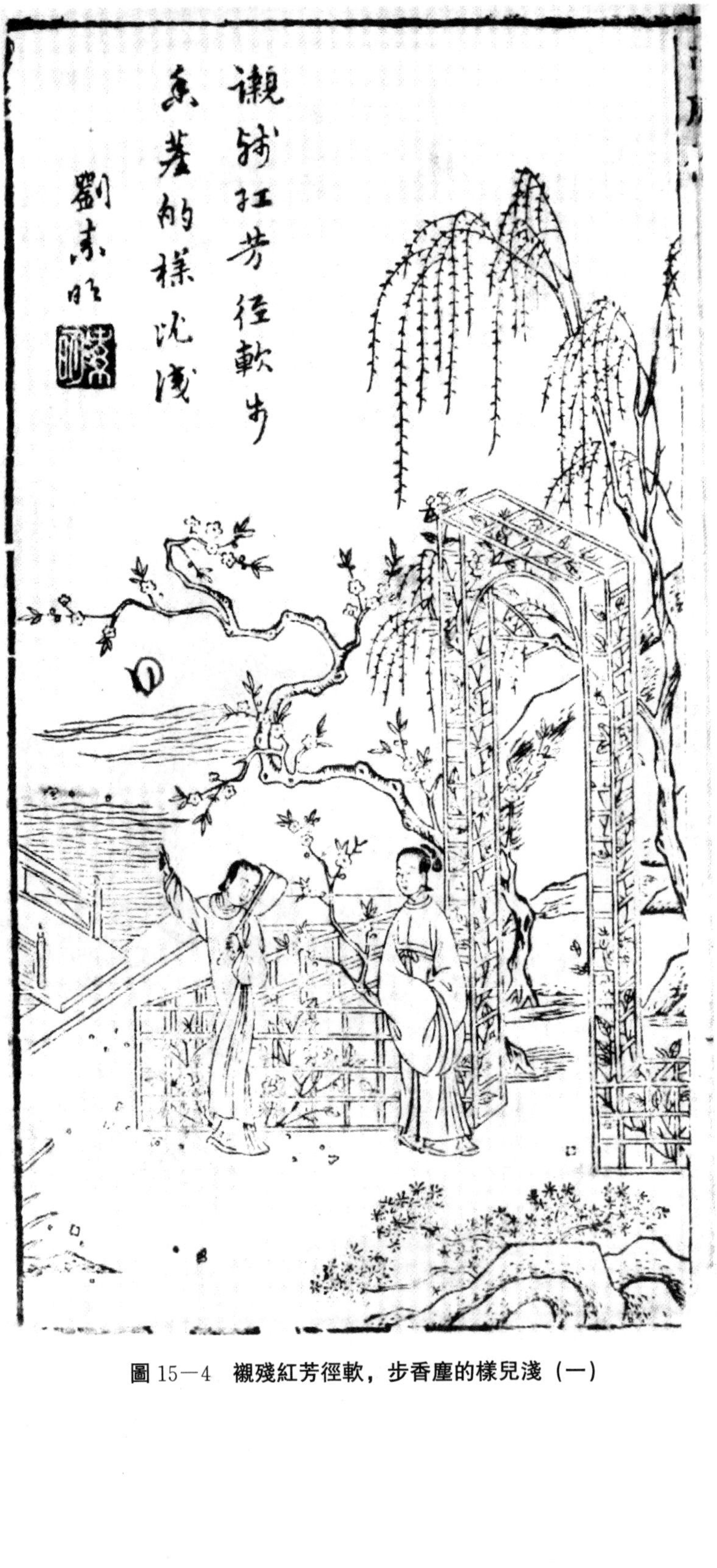

圖 15—4 襯殘紅芳徑軟，步香塵的樣兒淺（一）

圖 15—5　襯殘紅芳徑軟，步香塵的樣兒淺（二）

圖 15—6　**張生讀書**

圖 15—7　**一燈孤影搖書幌**

圖 15—8 **竹稍風擺，斗柄雲橫（一）**

圖 15—9　**竹稍風擺，斗柄雲横（二）**

圖 15—10　雨打梨花深閉門（一）

圖 15—11　**雨打梨花深閉門（二）**

圖 15—12　**寶鼎香濃，綉簾風細（一）**

圖 15—13　寶鼎香濃，綉簾風細（二）

圖 15－14　**風晴月朗鶴唳空（一）**

圖 15—15　**風晴月朗鶴唳空（二）**

圖 15－16　晚妝樓上杏花殘（一）

圖 15—17　**晚妝樓上杏花殘（二）**

圖 15—18 鞦韆院宇夜沉沉（一）

圖 15—19　鞦韆院宇夜沉沉（二）

圖 15—20 愁聞蕭寺疏鈡（一）

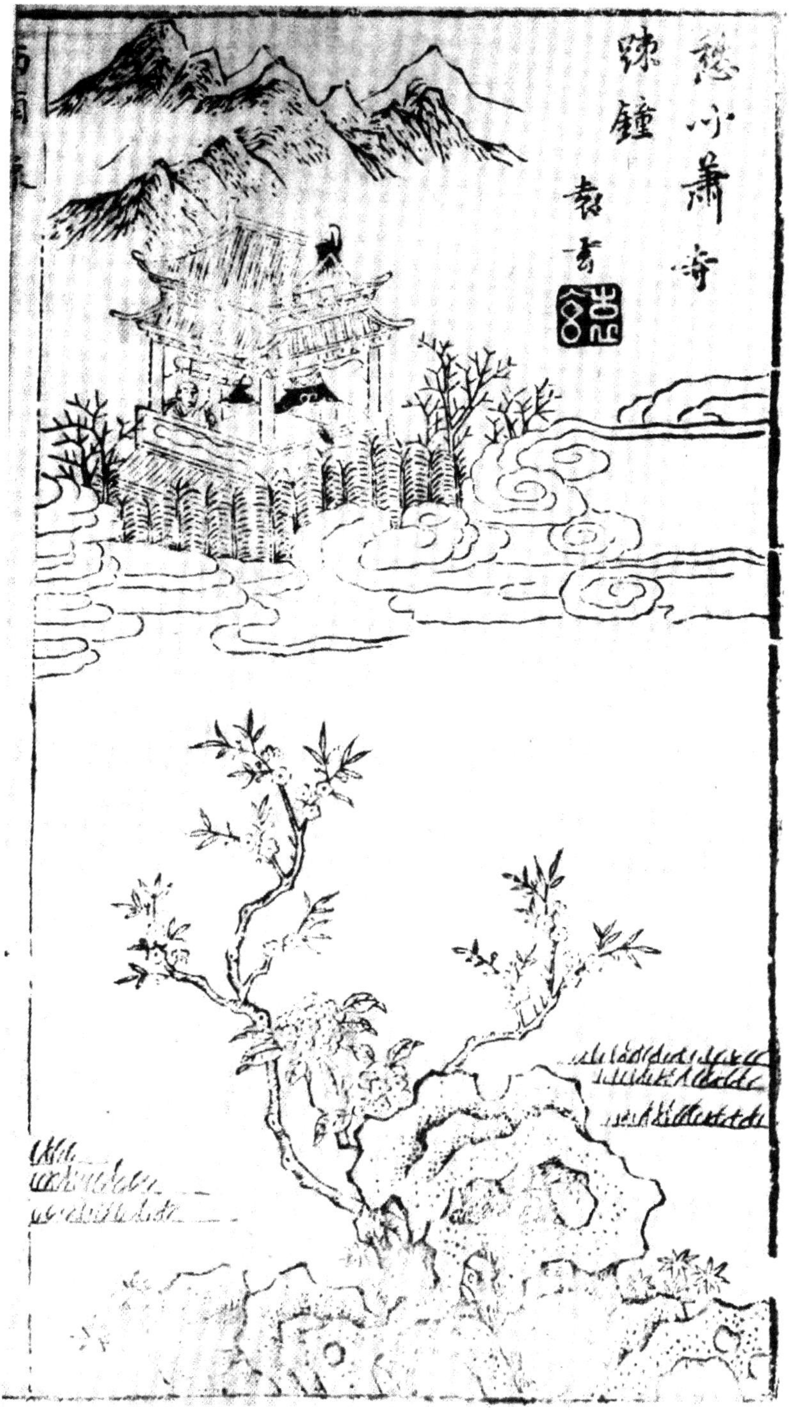

圖 15—21　愁聞蕭寺疏鈡（二）

圖 15—22　**錦堂簫鼓鳴春晝（一）**

圖 15—23　錦堂簫鼓鳴春晝（二）

圖 15—24　柳風吹雨濕征鞍（一）

圖 15—25　柳風吹雨濕征鞍（二）

圖 15—26　萋萋芳草憶王孫（一）

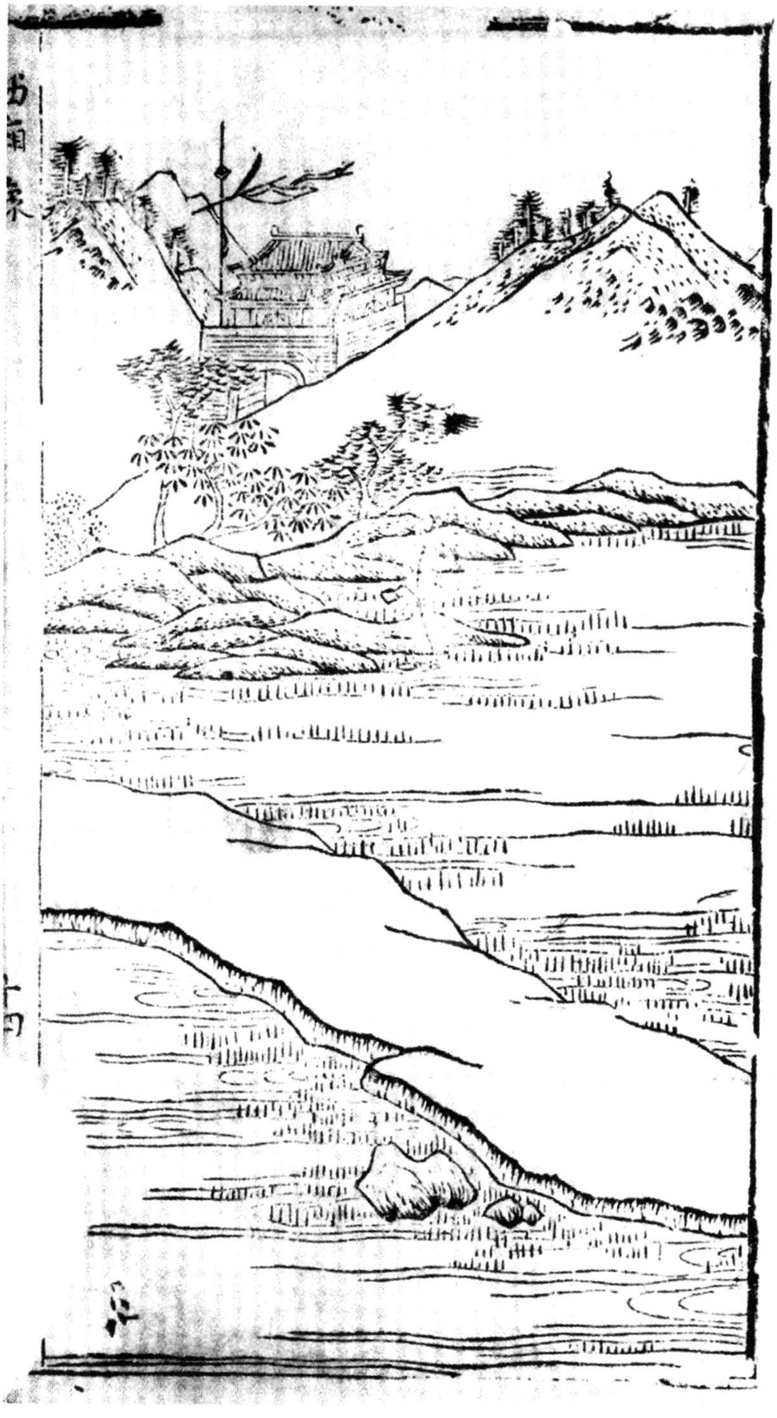

圖 15—27 萋萋芳草憶王孫（二）

圖 15—28 春潮漲烟濤（一）

圖 15－29　春潮漲烟濤（二）

《西厢記》（凌濛初刻朱墨套印本）版畫

凌濛初刻朱墨套印本《西廂記》，簡稱“凌本”。凌濛初校注《西廂記五劇》，明天啓間（1621—1627）朱墨套印本。

在《西廂記》刊刻傳奇化的時代，凌濛初本對元雜劇體制的堅持和回護，贏得了後世學界的高度贊譽和支持。劉世珩《西廂記題識》云：“凌濛初所校刻，考訂詳審，悉遵元本。”王國維《戲曲散論》認爲：“《西廂》刊本，世號爲最善者，亦僅明季翻刊周憲王本（按，即凌本）。”後此學界直到今天的《西廂記》刊本，大多以凌刻本爲底本。凌濛初本可説是古代《西廂記》刊本中流傳最廣、影響最大的一種。

卷首有王文衡繪、黄一彬刻雙面連式版畫 20 幅。

圖 16—1　**老夫人閙春院**

圖 16—2 崔鶯鶯燒夜香

圖16—3 小紅娘傳好事

圖 16—4　張君瑞鬧道場

圖 16—5 張君瑞破賊計

圖 16—6　**莽和尚生殺心**

圖 16—7 **小紅娘畫請客**

圖 16—8　崔鶯鶯夜聽琴

圖 16—9 **老夫人命醫士**

圖 16—10　**崔鶯鶯寄情詩**

圖 16—11 **小紅娘問湯藥**

圖 16—12　張君瑞害相思

圖 16—13 **小紅娘成好事**

圖 16—14　老夫人問由情

圖 16—15　短長亭斟別酒

圖 16—16　**草橋店夢鶯鶯**

圖 16—17 **小琴童傳捷報**

圖 16—18 **崔鶯鶯寄汗衫**

圖 16—19　鄭伯常干舍命

圖 16—20　張君瑞慶團圞

《硃訂西厢記》（孫鑛批點本）版畫

明天啓、崇禎間孫鑛批點《硃訂西厢記》，簡稱“硃本”。孫鑛（1543—1613），字文融，號月峰，浙江慈溪人。萬曆二年會試第一，授兵部主事，後改授吏部文選郎中。

是書卷首依次爲：王伯良撰“千秋絶艷賦”，宋書院待詔陳居中摩崔娘遺照，唐元微之、唐楊巨源、唐王涣、鄧州女子、張憲、明楊慎、明徐渭題詩，元陶九成跋，明祝允明跋，花月郎閔振聲、馮虛兄書并跋，目録，題目總名，插圖，孫月峰先生硃訂會真記卷首（上有眉批）。上卷卷端標“東海月峰先生孫鑛批點，後學諸臣校閲”。全書卷末附：硃批蒲東詩（上有眉批）、釋義（字音）。是書目録同容與堂本，正文和陳眉公本大致相同，眉批、齣批係雜合容與堂本與陳眉公本。

是書卷首附有版畫，首爲宋書院待詔陳居中摹“崔娘遺照”單面版畫1幅，目録後單面版畫38幅，圖無文字，共39幅，係肆意裁剪《千秋絶艷圖》與王文衡凌刻《西厢》插圖版畫拼凑之作而成。故是書無論是文本或是插圖皆爲翻刻摹印他本而來。

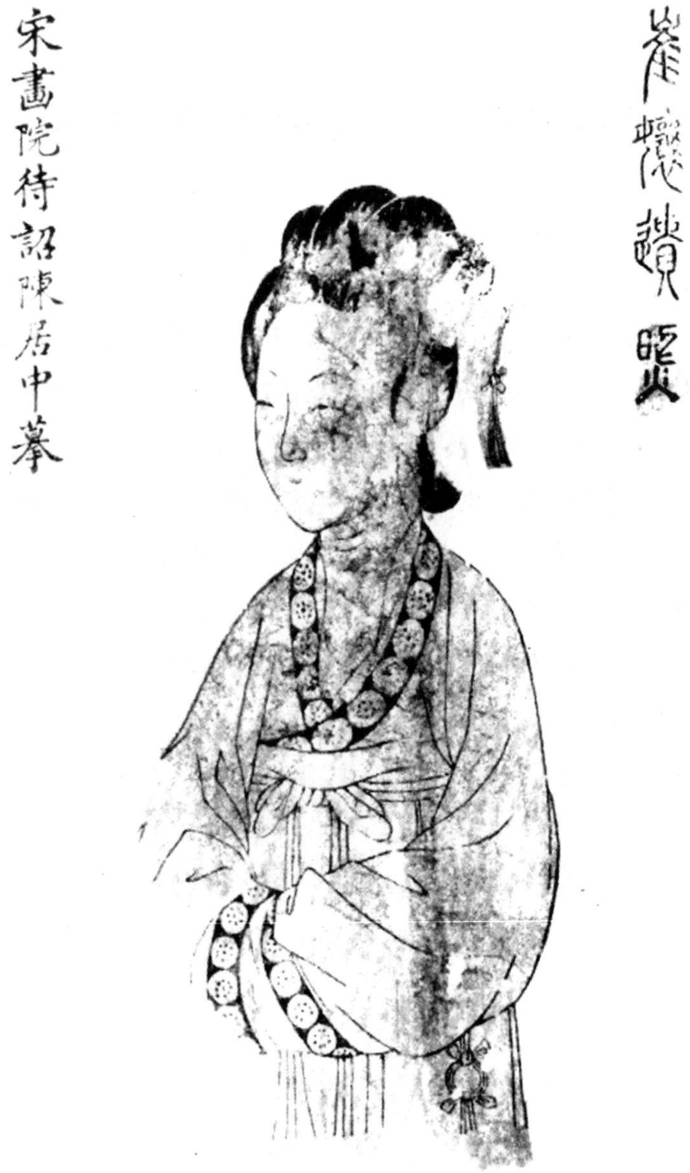

圖 17—1　**崔娘遺照**

圖 17－2 閑捲簾櫳，無語怨東風

圖 17—3　嫩綠池塘藏水鴨，淡黄楊柳帶棲鴉

圖 17—4　**金勒馬嘶芳草墜，玉樓人醉杏花天**

圖 17—5

圖 17—6

圖 17—7　**謖傳特奉夫人命，虔修佛事薦先靈**

圖 17－8

圖 17—9　參壇仗望尊師力，祈願先祖蚤超升

圖 17—10　**遥指蒲東普救寺，玉容深鎖廣寒宮**

圖 17—11

圖 17—12

圖 17—13

圖 17—14　**人望蒲關唱凱歌**

圖 17—15　**深施厚禮言酬晚，際會風雲却有期**

圖 17—16　□案香醪伴有醉，沈吟不敢再三辭

圖 17—17　**却將弦上傳心事，且把幽怨付玉琴**

圖 17—18　廢寢忘餐□易成

圖 17－19　移步感蒙奉慈令，勞心煩遞□□臺

圖 17－20　**自是孤眠情思慵，鏡臺窺柬感雙眉**

圖 17—21　**難把幽情傳翰墨，故將離恨托鱗鴻**

圖 17—22　衹因午夜調琴手，引起春閨愛月心

圖 17—23 焚香待月西厢下，□□迎風户半開

圖 17—24　專枉尊師尋國手，毋令旅館客淒涼

圖 17－25　春病懨懨命若絲，靈丹無效治相思

圖 17—26　**一自海棠花下約，幽情牽引至于今**

圖 17—27 **待月西廂下，徑掃户半開**

圖 17－28　**勒馬頻回首，停車盼去踪**

圖 17—29

圖 17—30　孤灯吹罷魂已落，拆散鸞娘夢不成

圖 17－31　**紅□□□錦衣郎**

圖 17－32　筆尖風韻若□□，墨灑錦箋淡淡痕

圖 17—33 闌干倚遍盼才郎

圖 17—34

圖 17－35　**一縅情淚紅猶濕，滿紙愁心墨尚濃**

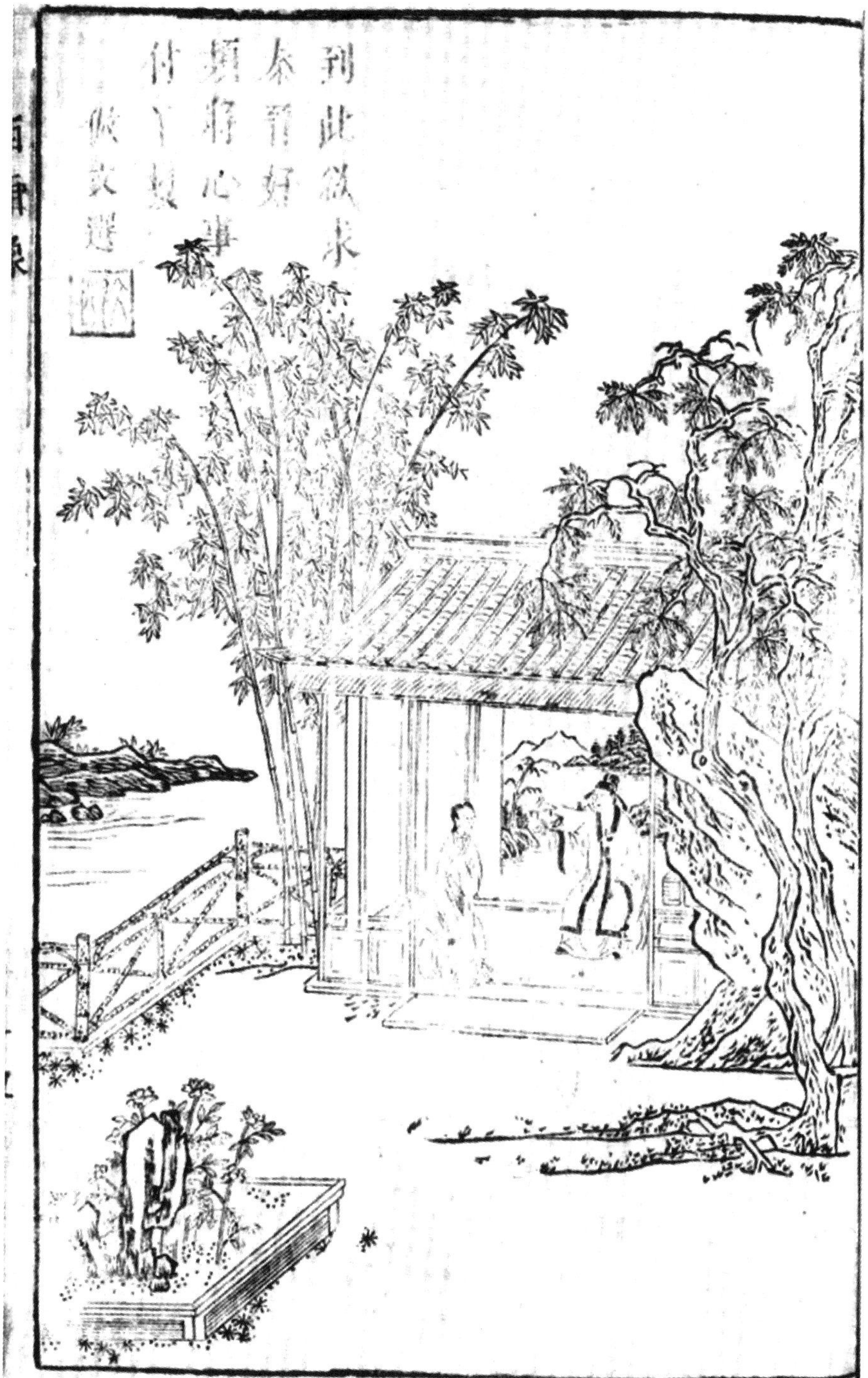
到此欲求
秦晉好
頻將心事
付丫鬟

圖 17—36　**到此欲求秦晋好，頻将心事付丫鬟**

圖 17－37　無計□□孫飛虎，纔將鶯婚許張生

圖 17－38　**一鞭指引望西廂**

圖 17—39

《徐文長先生批評北西廂記》（延閣主人訂正）版畫

明崇禎四年（1631）山陰延閣主人李廷謨訂正《徐文長先生批評北西廂記》，簡稱“延本”。延閣主人李廷謨，一名成林，字告辰，山陰人。

是書卷首依次是：崇禎三年陳洪綬題語、崇禎三年李廷謨《跋語》（末附陳洪綬跋）、雲痴道人范石鳴跋（末附李雲爐批語）、崇禎四年董玄《西厢序》、東海步兵魯浚《西厢叙》、陳洪綬寫于靈鷲峰版畫、《會真記》、目録（五卷二十折，每折二字標目）。正文首標：北西厢卷一，元大都王實甫編，關漢卿續，明山陰延閣主人訂正。正文每折無折目。

是書卷首有陳洪綬寫于靈鷲峰單面版畫 39 幅。

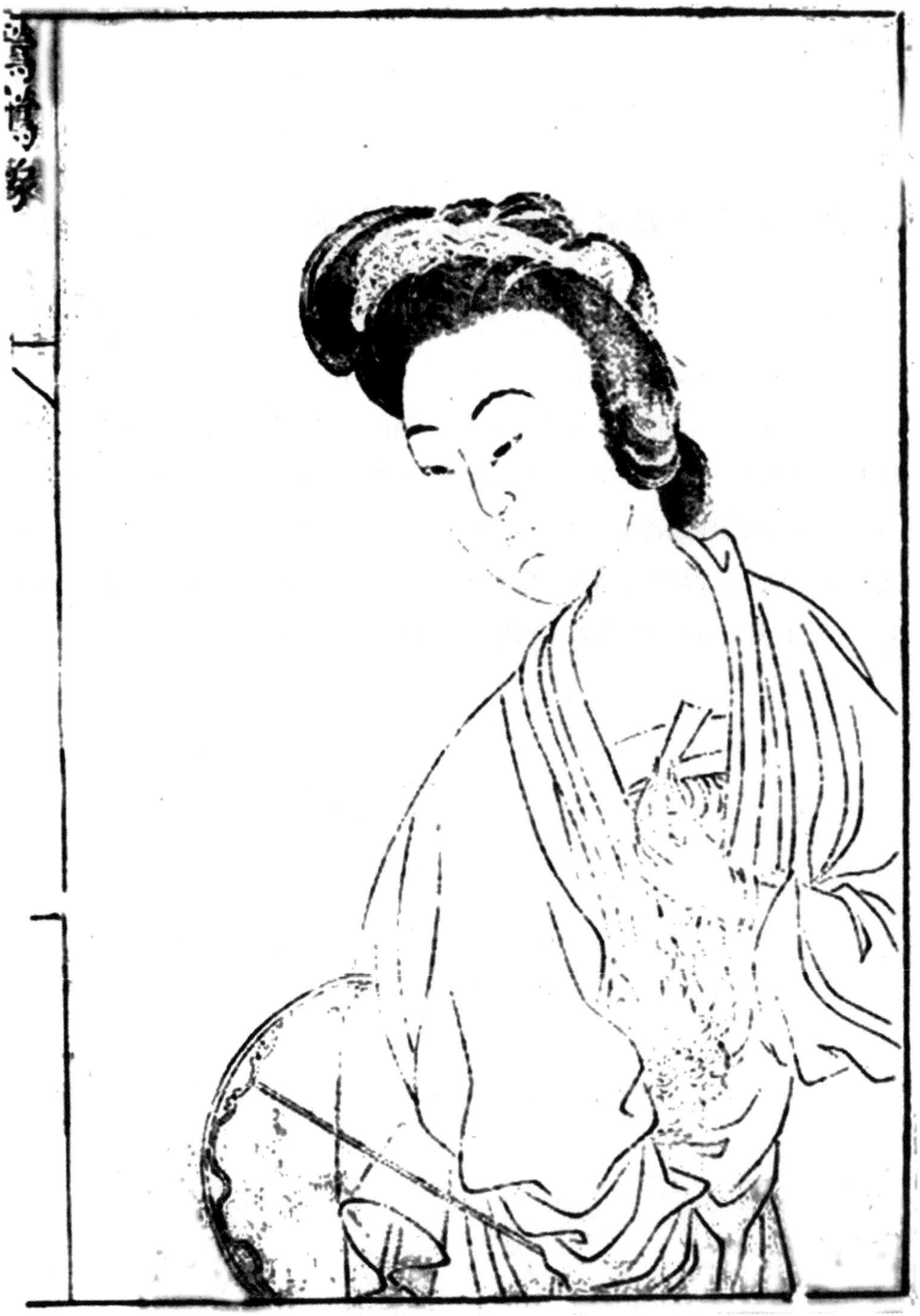

圖 18—1　鶯鶯像

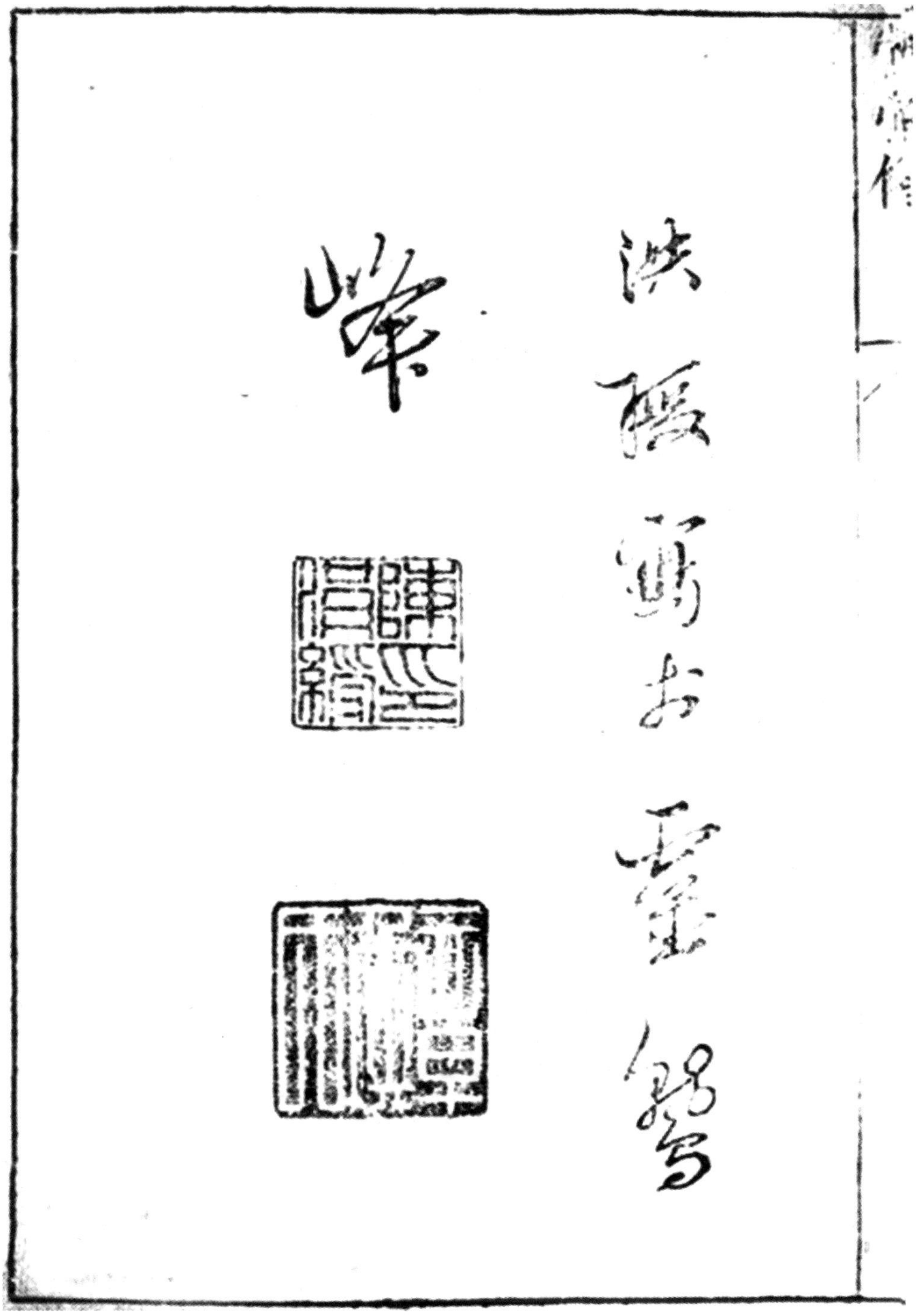

圖 18—2　洪綬寫于靈鷲峰

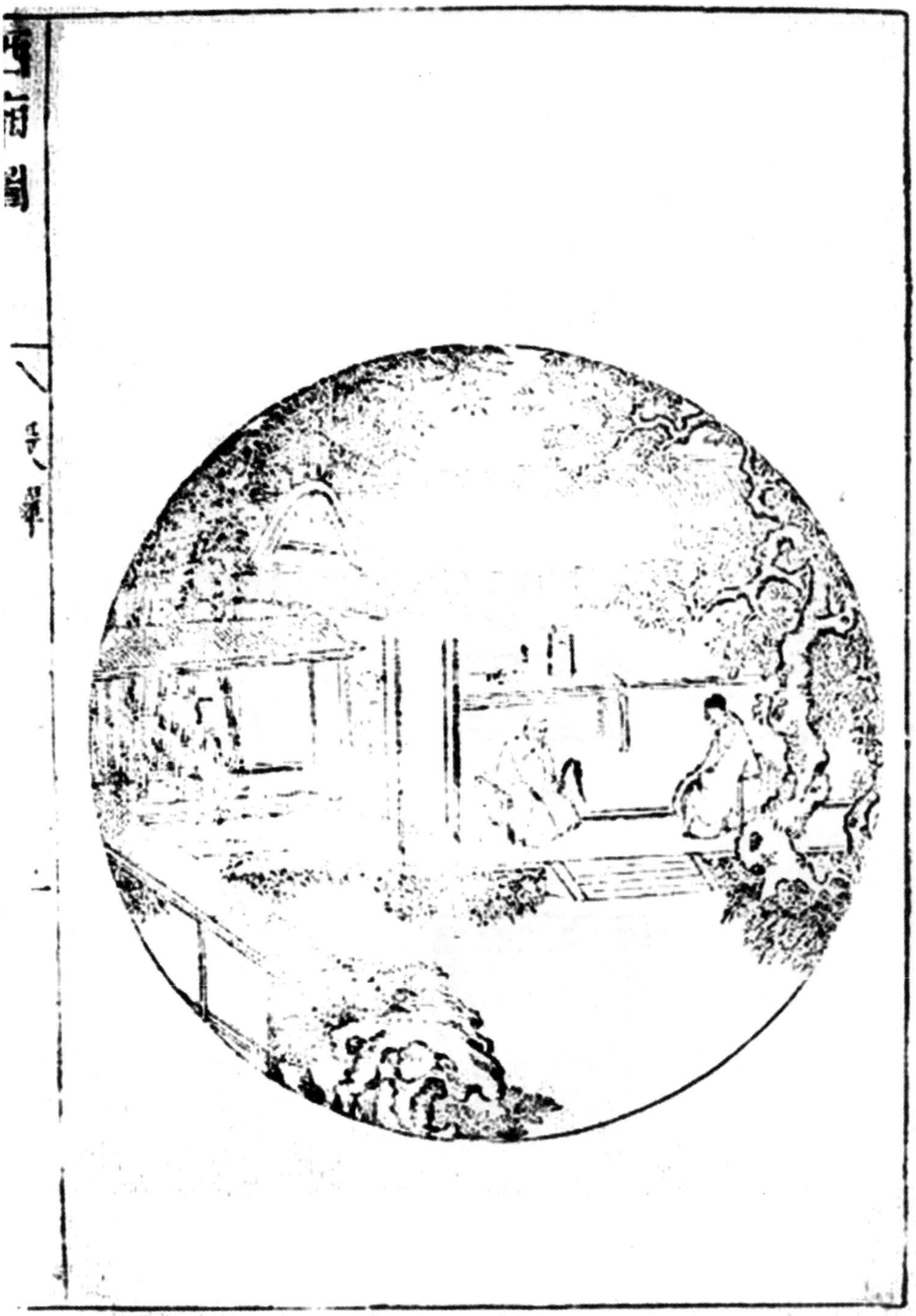

圖 18－3　**投禪**

2231《徐文長先生批評北西廂記》（延閣主人訂正）版畫

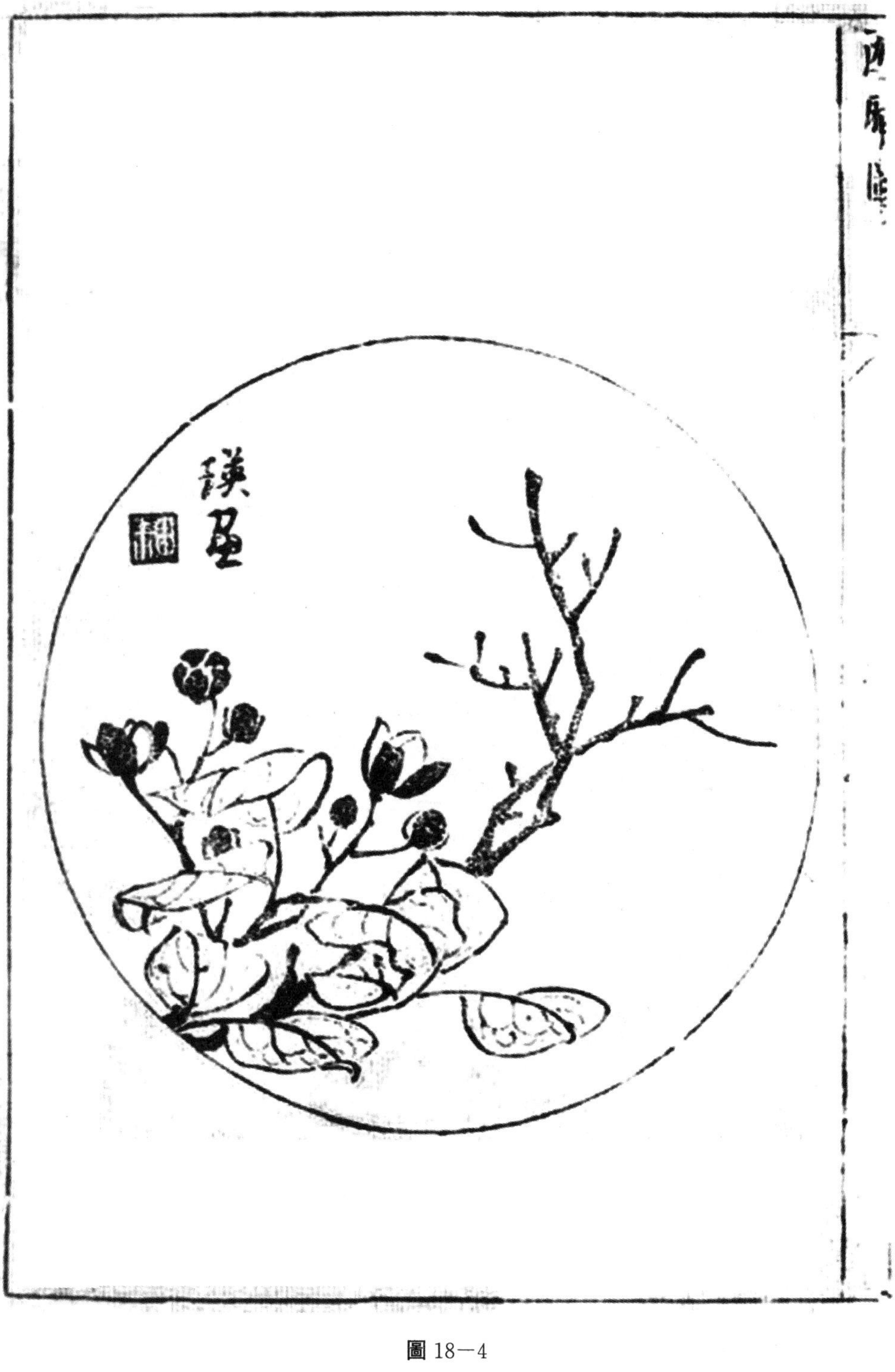

圖 18—4

圖 18—5 **賡句**

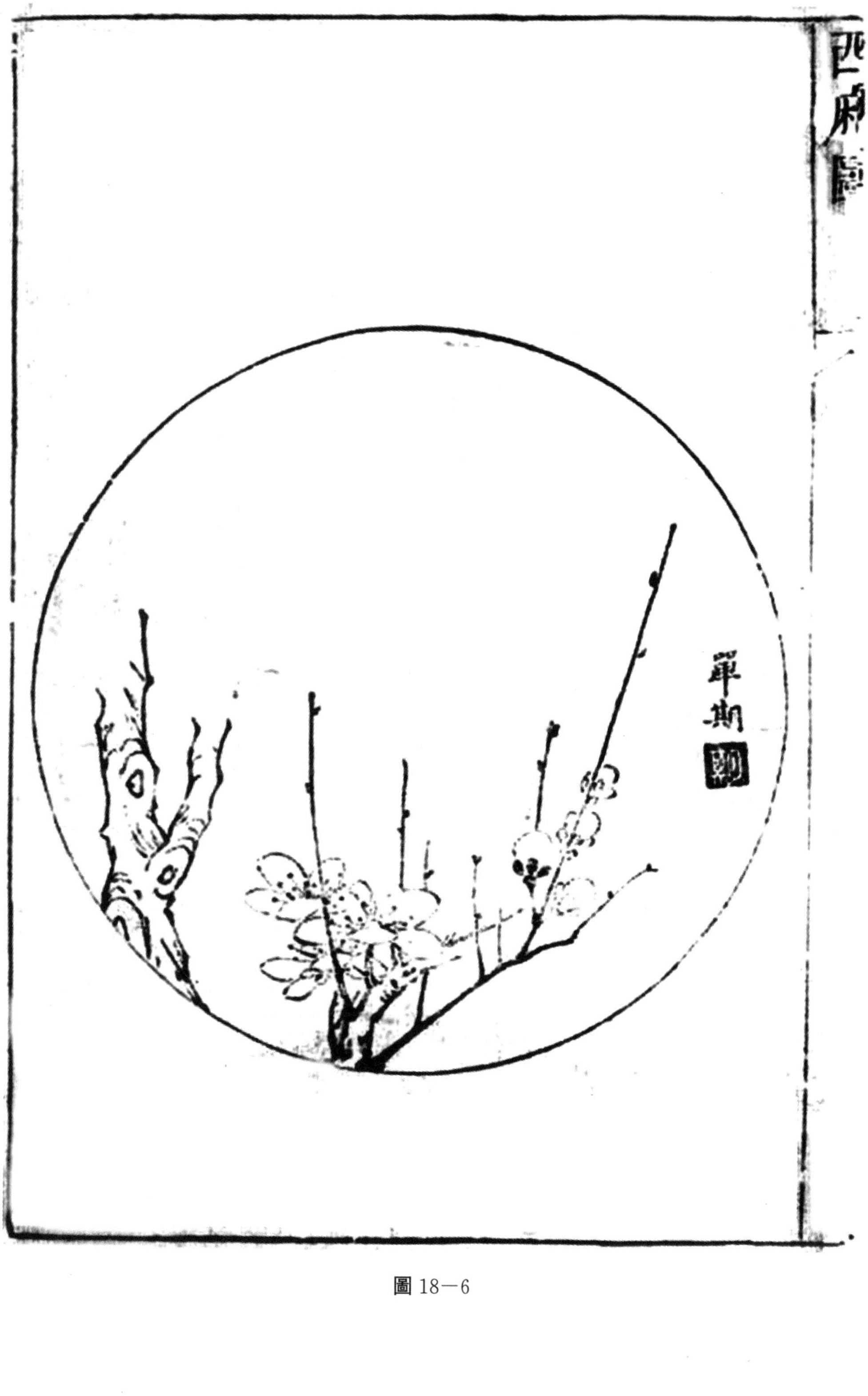

圖 18—6

圖 18—7

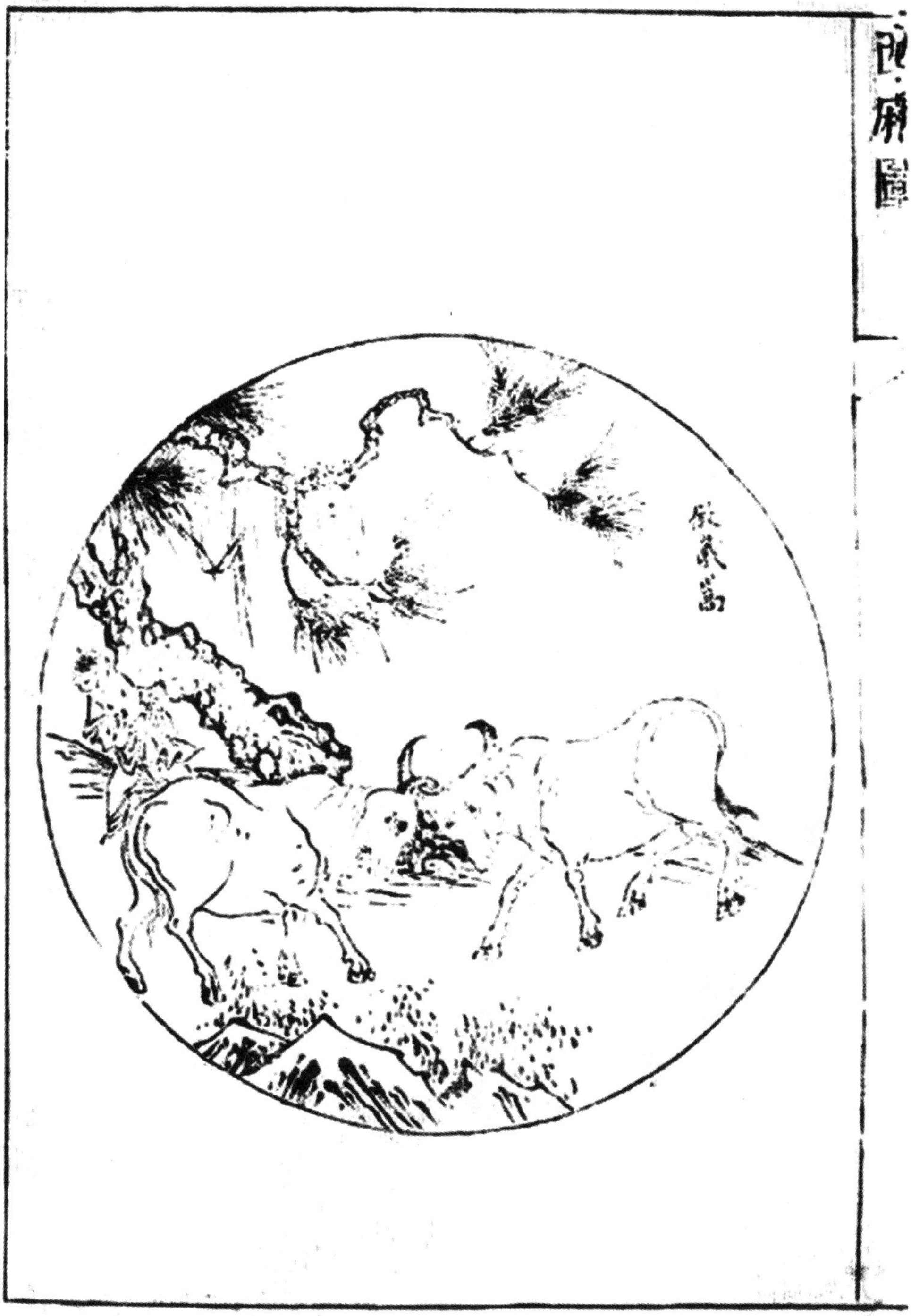

圖 18—8

圖 18—9

圖 18—10

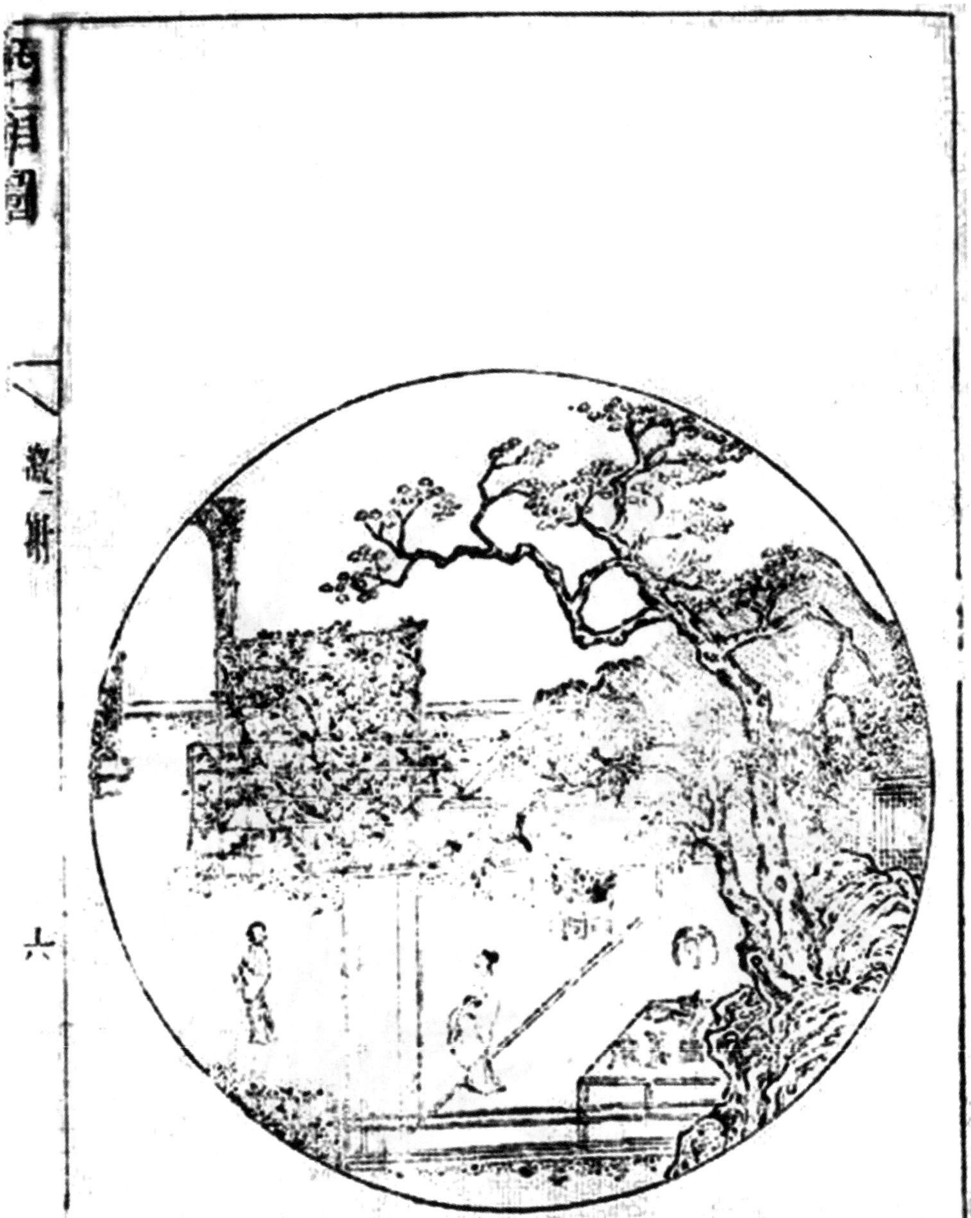

圖 18－11 邀謝

圖 18—12

圖 18—13 **負盟**

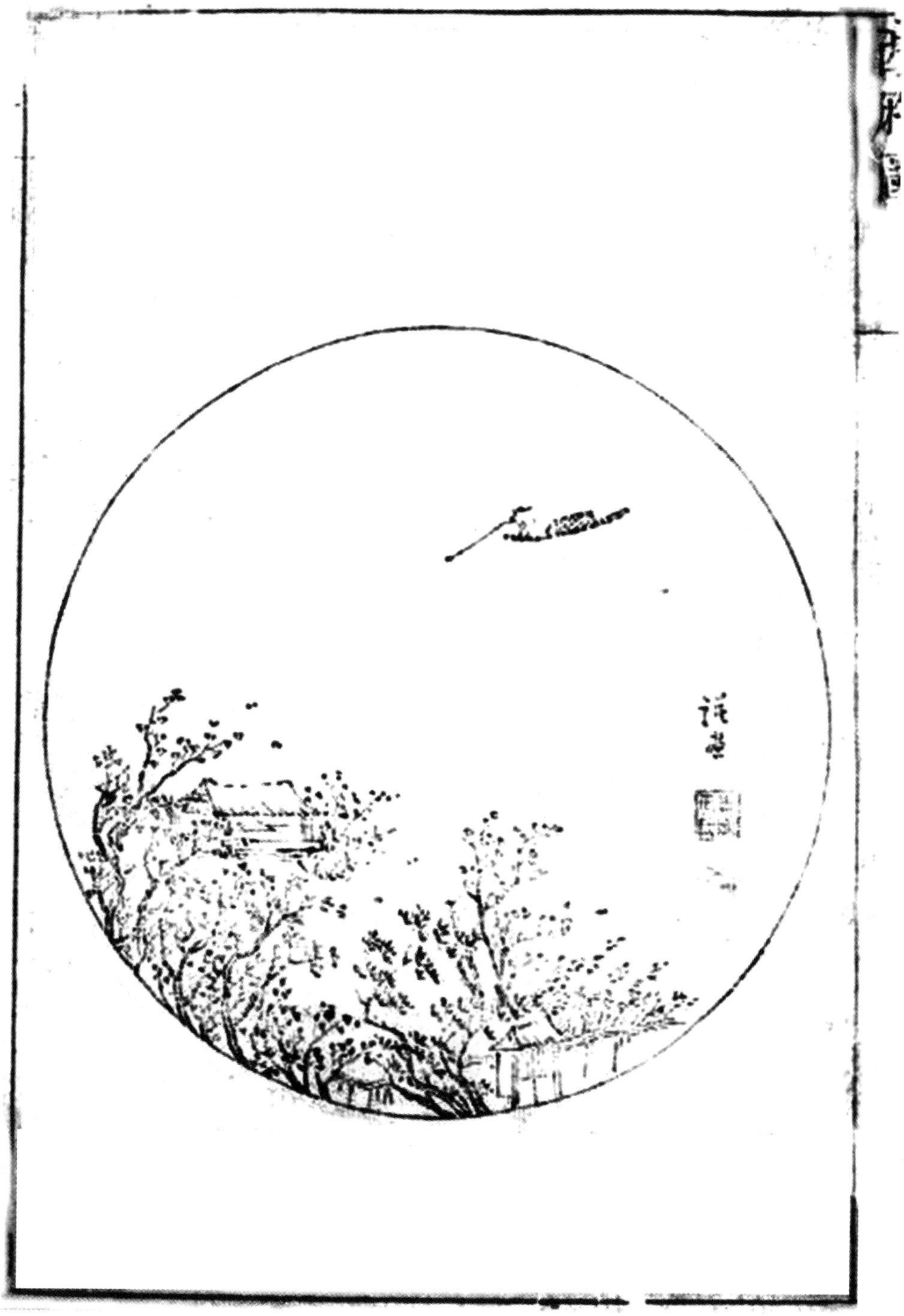

圖 18—14

圖 18—15 寫怨

2243《徐文長先生批評北西厢記》（延閣主人訂正）版畫

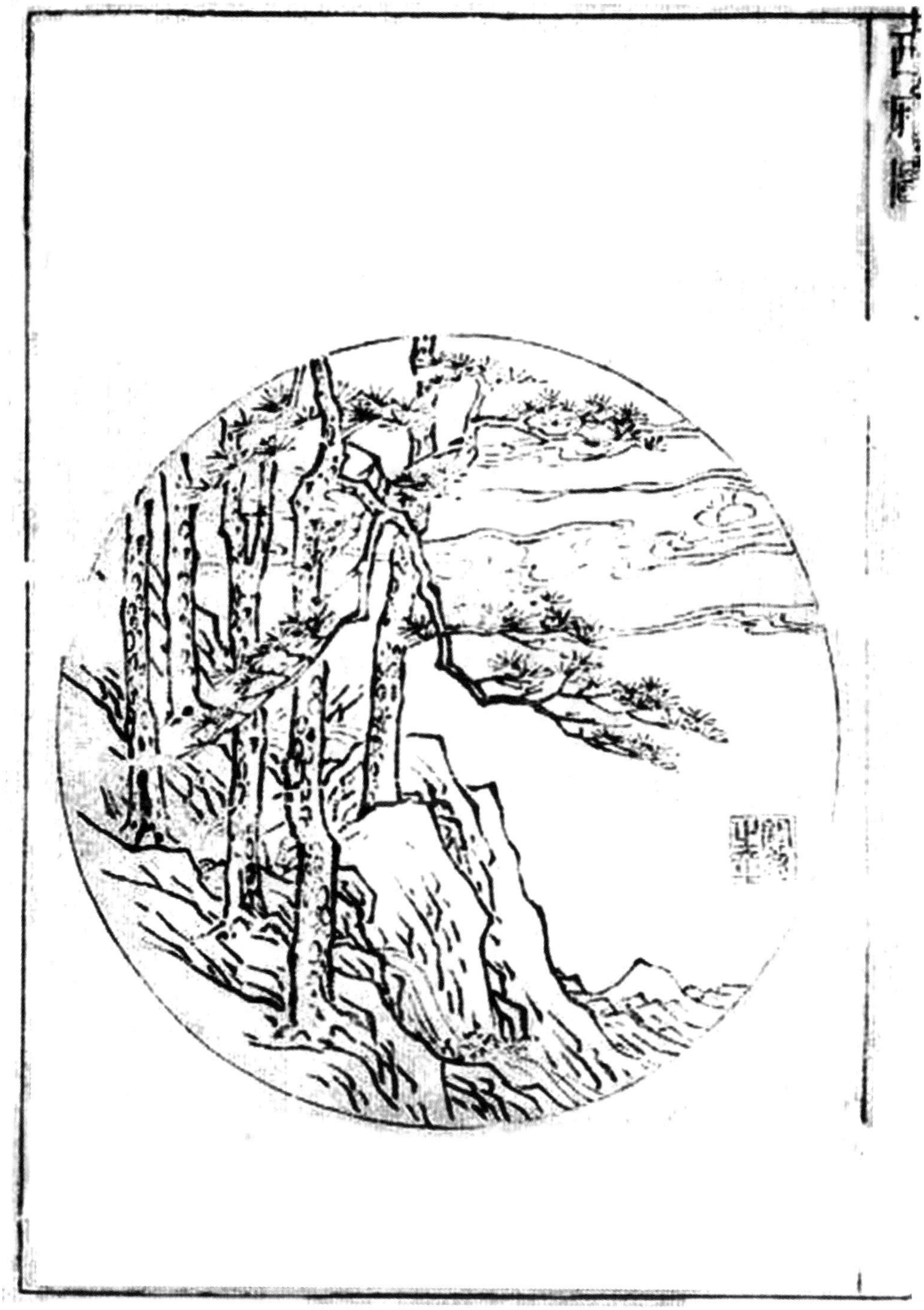

圖 18—16

圖 18－17　寄書

2245《徐文長先生批評北西厢記》(延閣主人訂正) 版畫

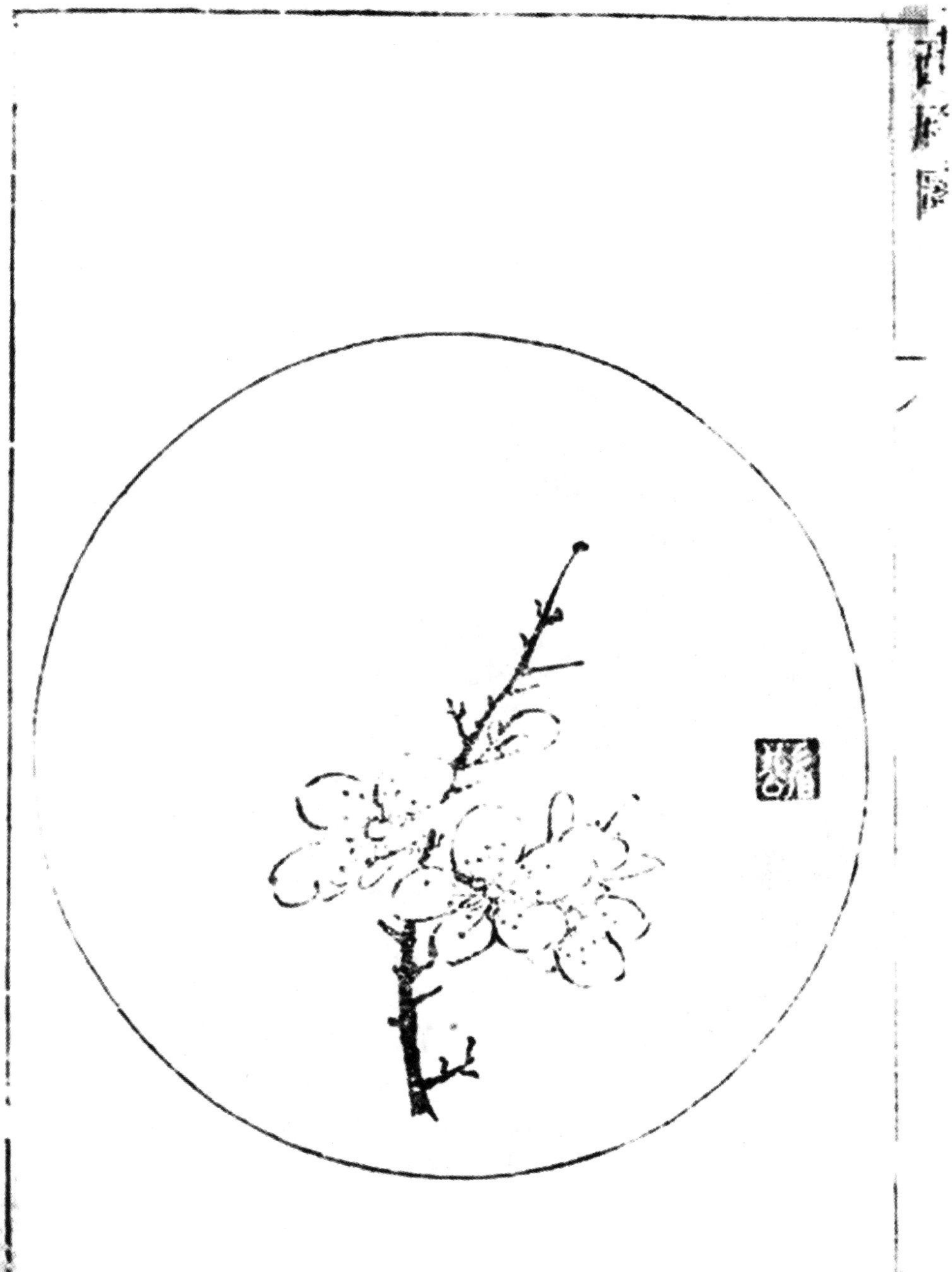

圖 18—18

圖 18—19　**省簡**

圖 18—20

圖 18－21 **逾垣**

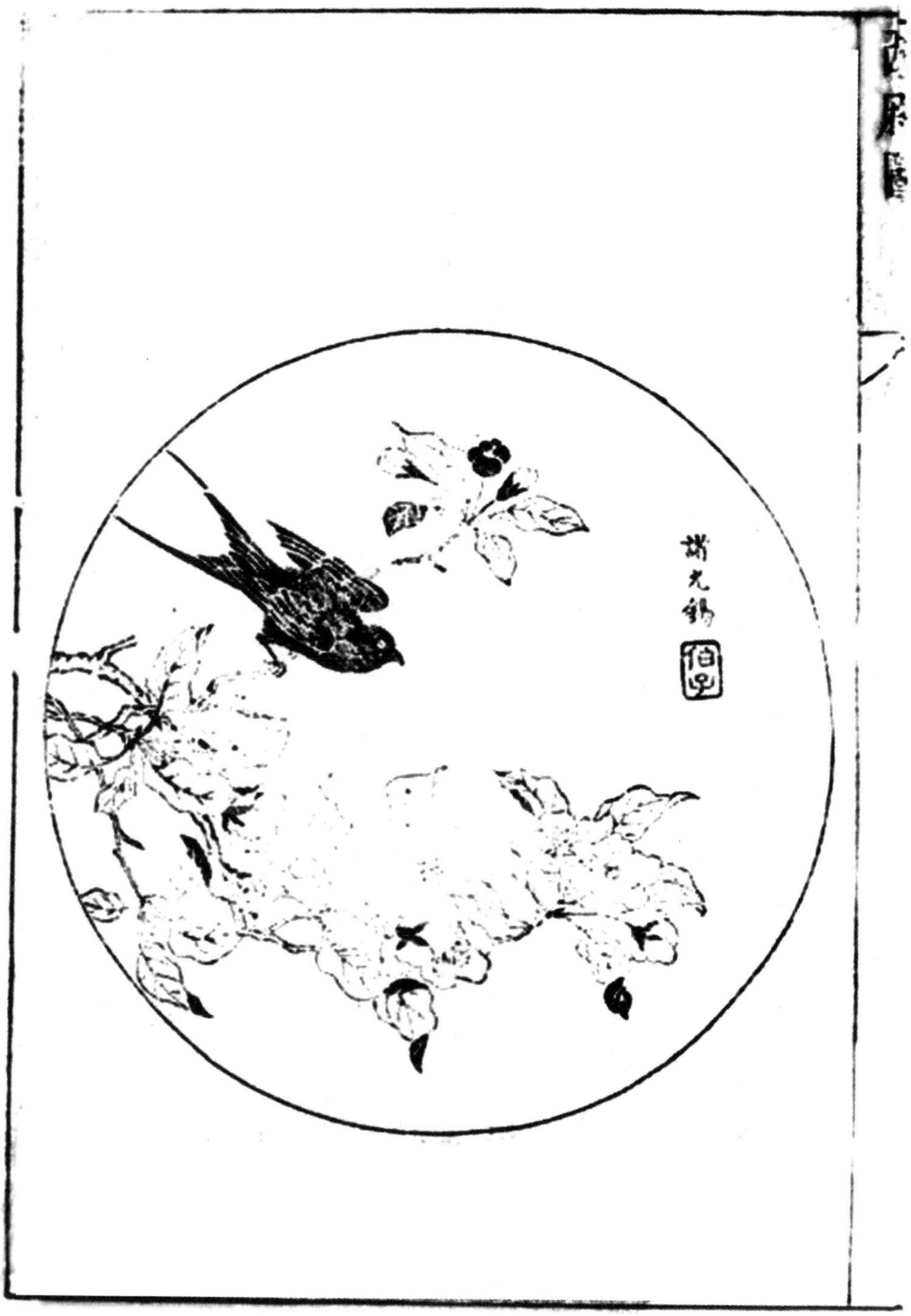

圖 18—22

圖 18—23 訂約

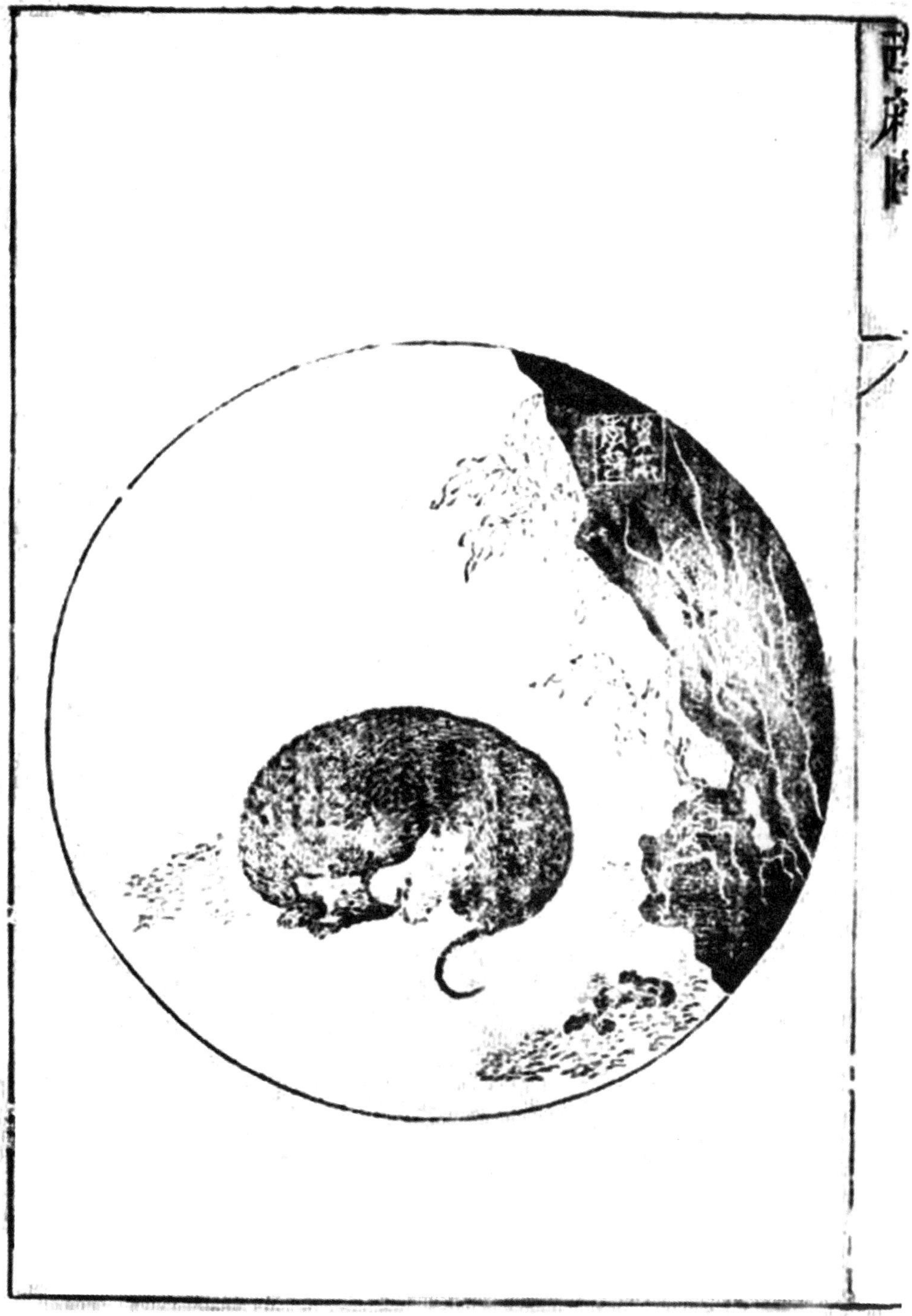

圖 18－24

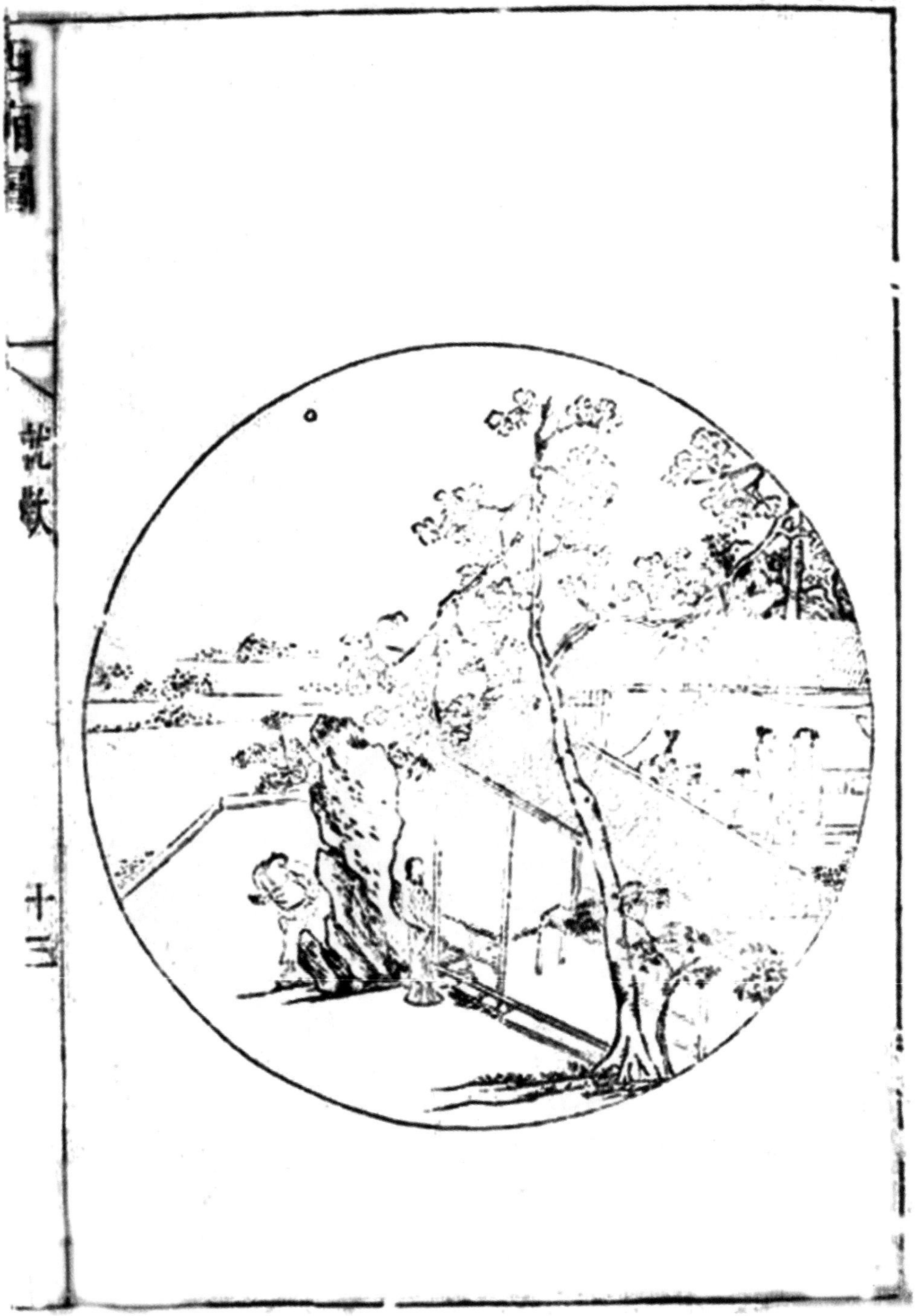

圖 18—25 **就歡**

2253《徐文長先生批評北西廂記》(延閣主人訂正) 版畫

圖 18—26

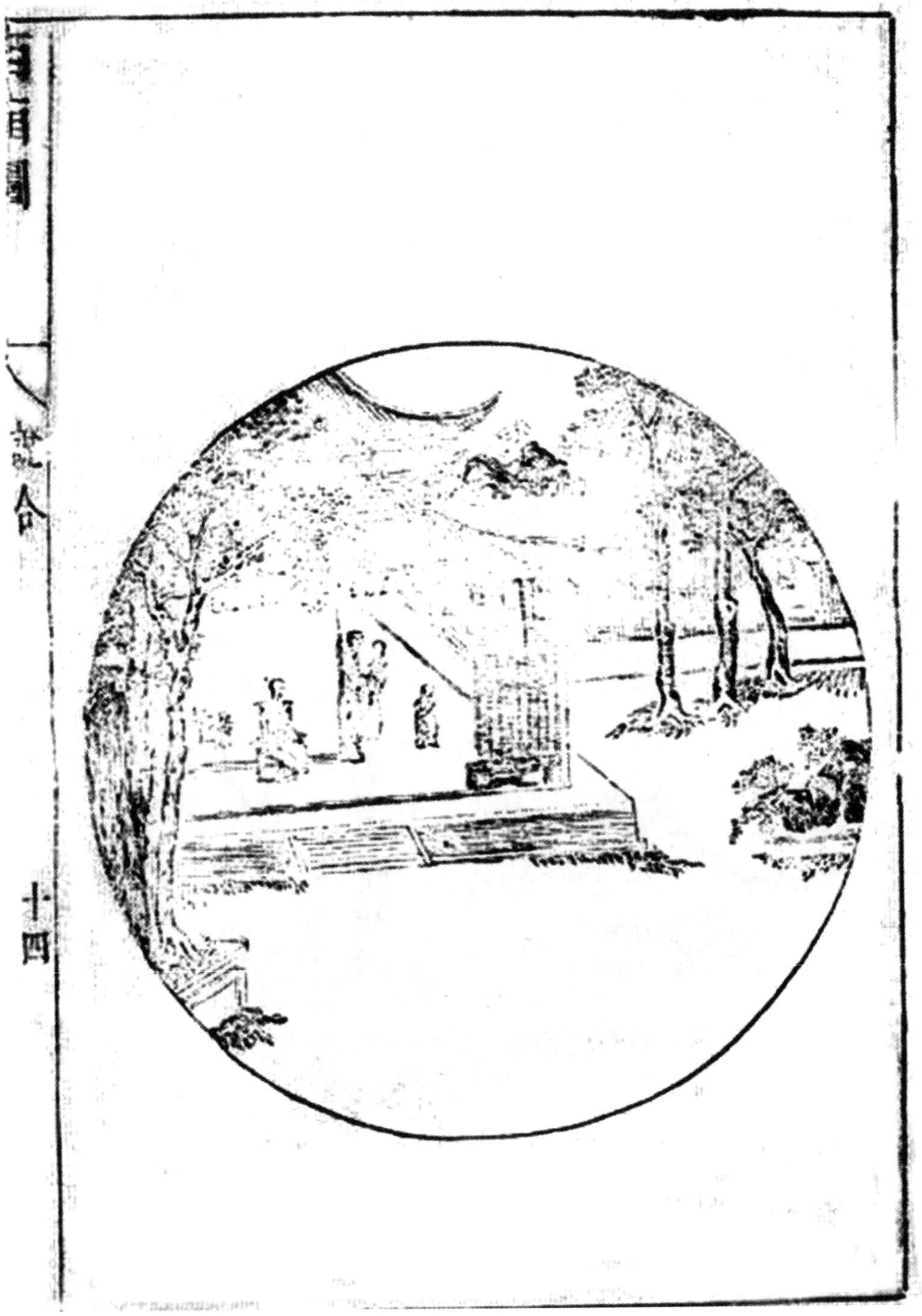

圖 18—27 説合

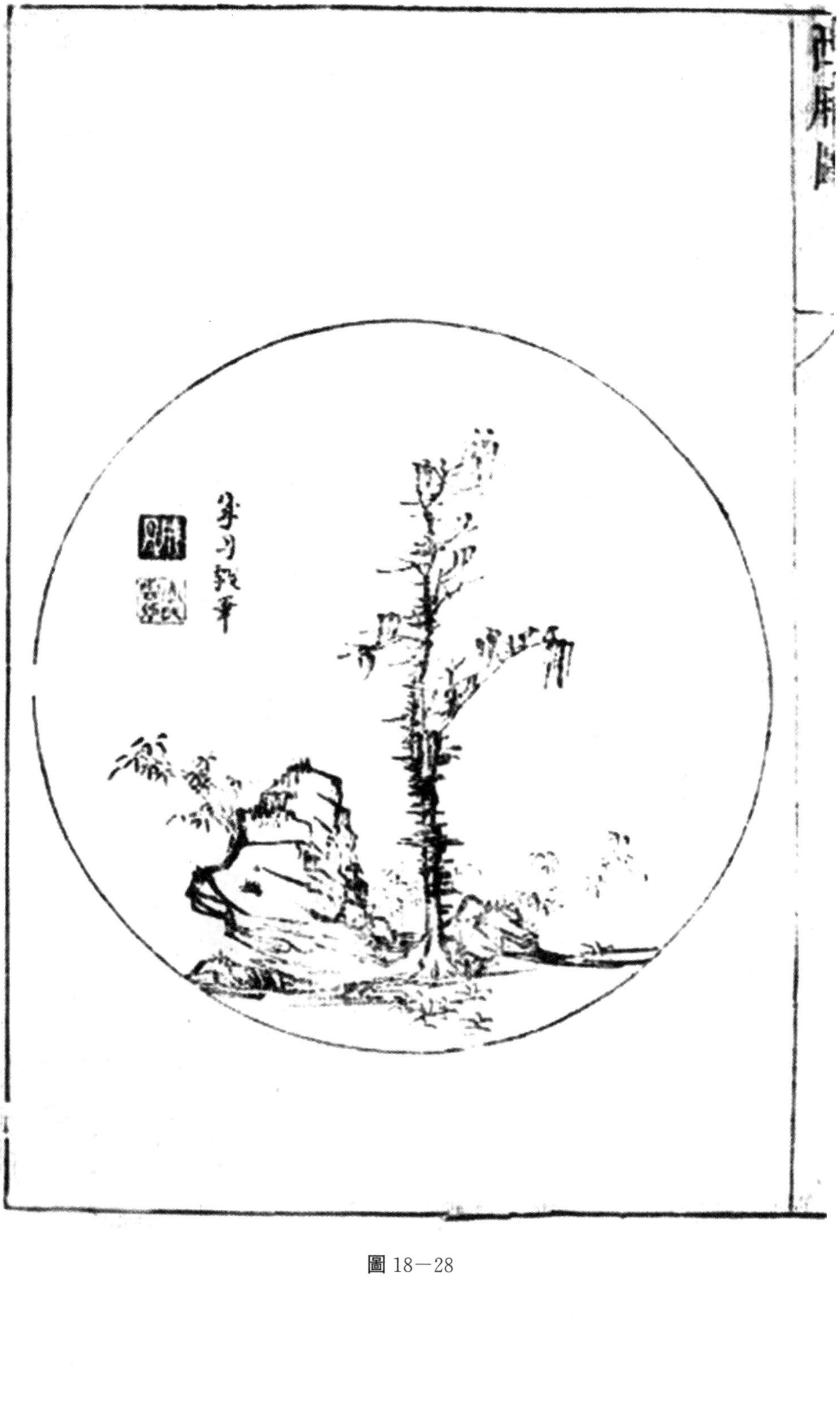

圖 18—28

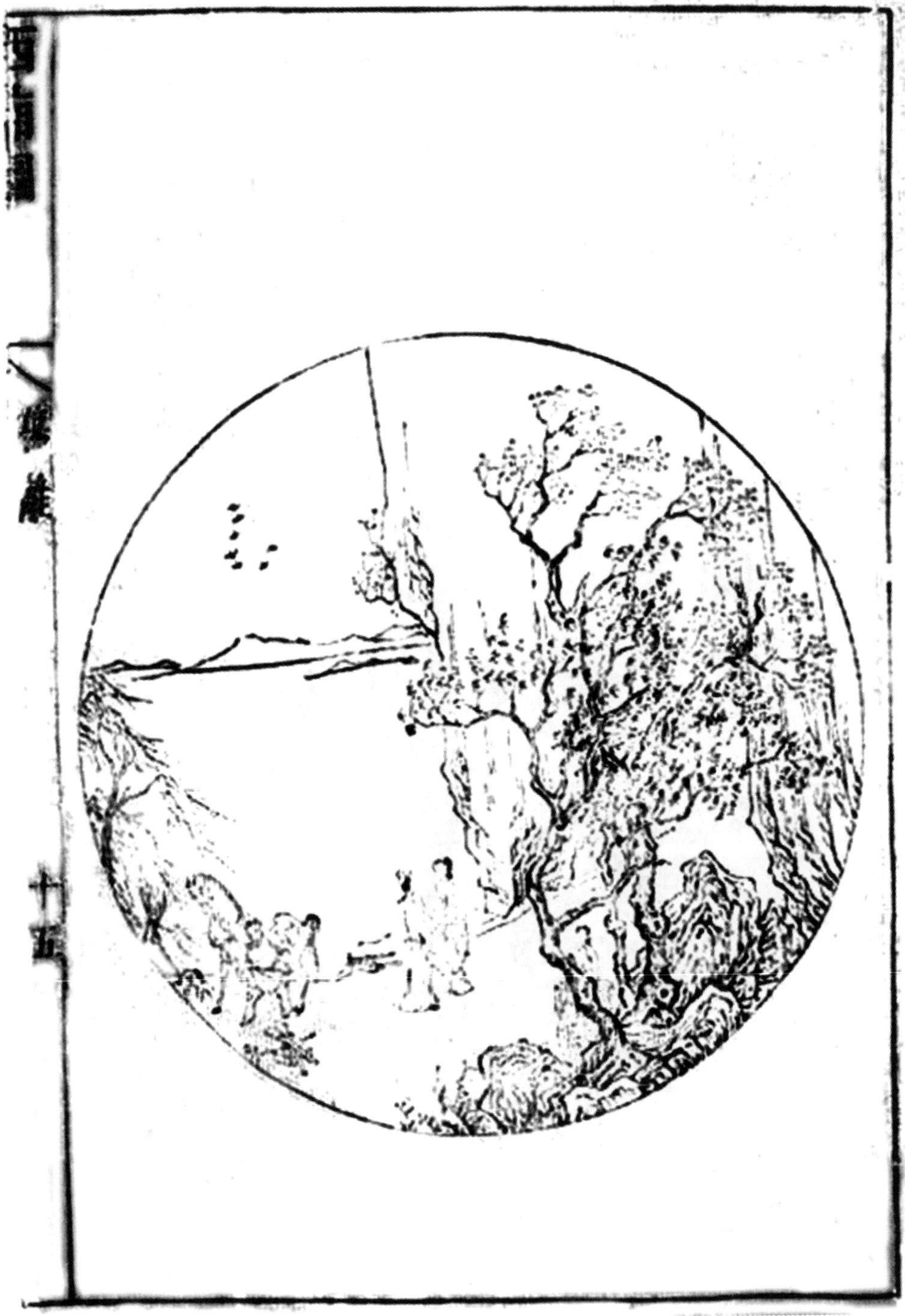

圖 18—29 **傷離**

圖 18—30

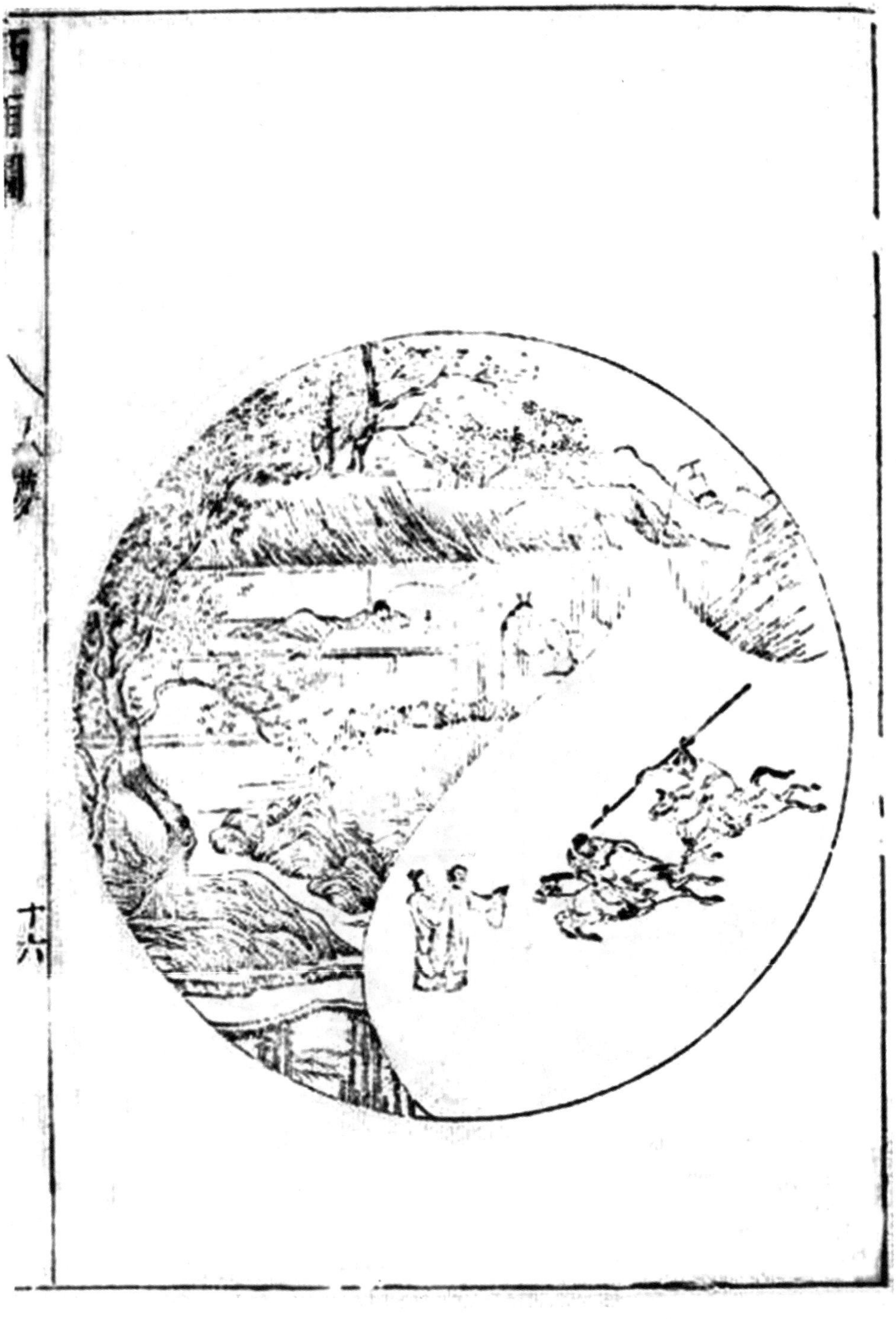

圖 18—31 入夢

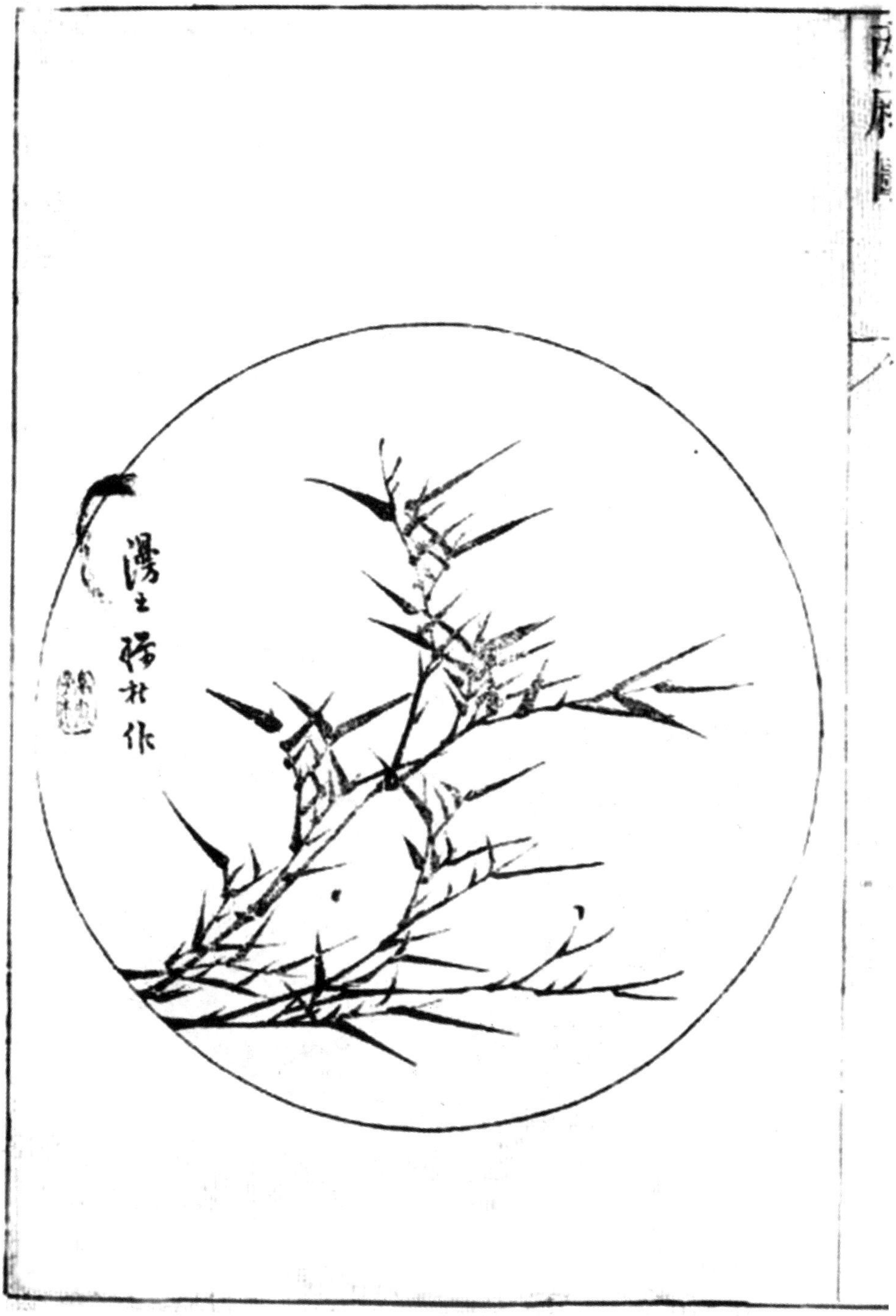

圖 18—32

圖 18—33 報第

圖 18—34

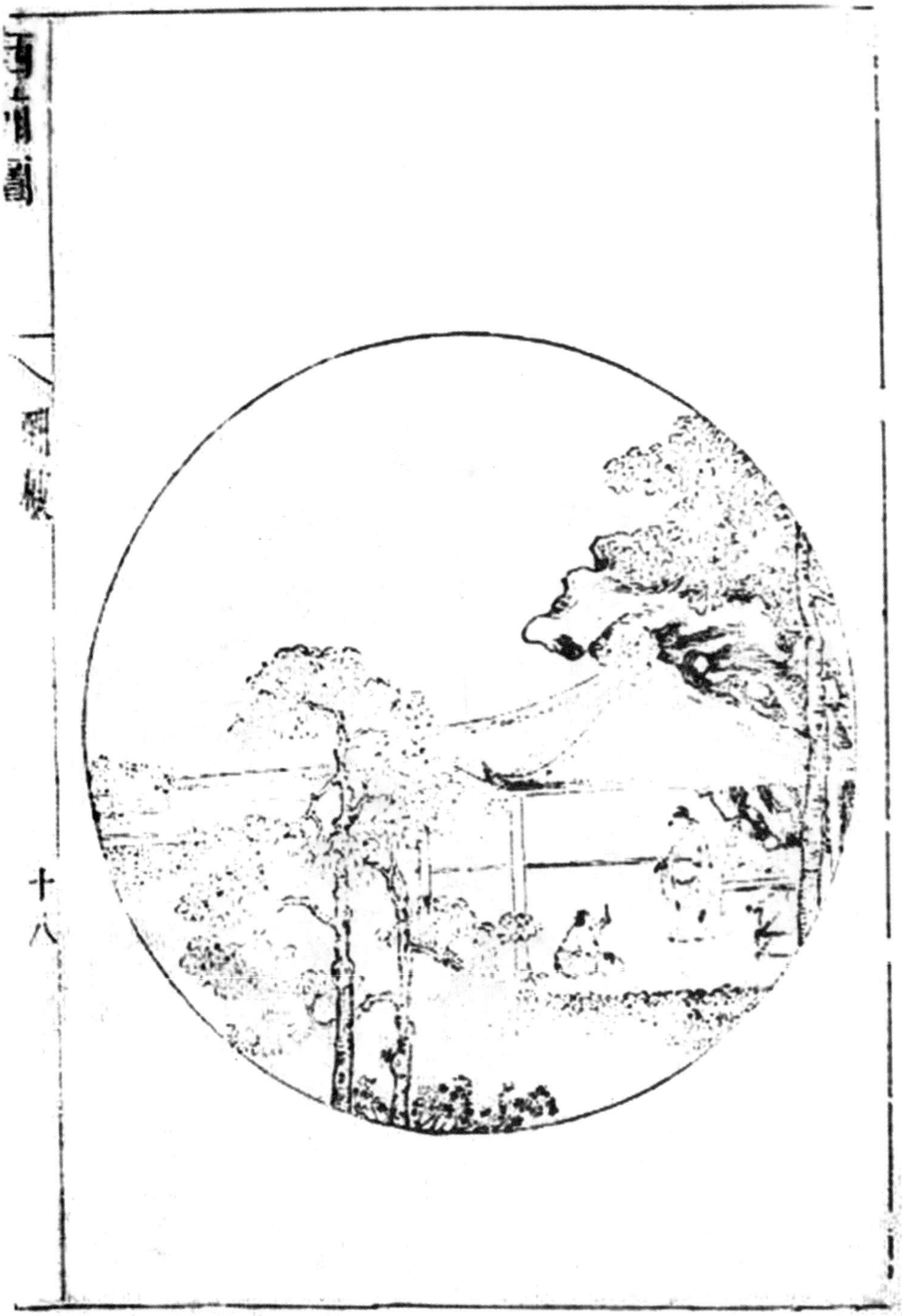

圖 18—35 酬報

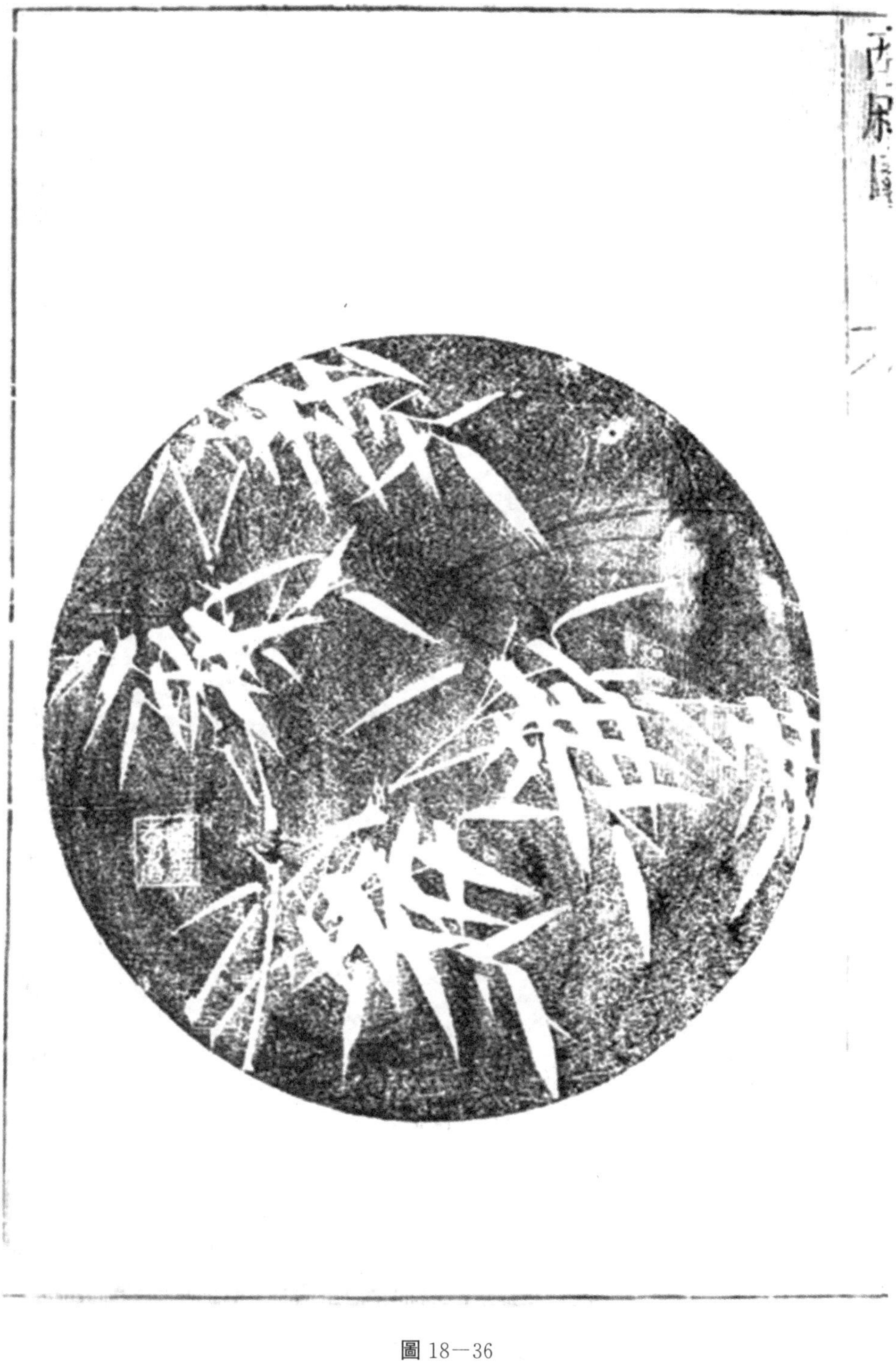

圖 18—36

圖 18—37 **拒婚**

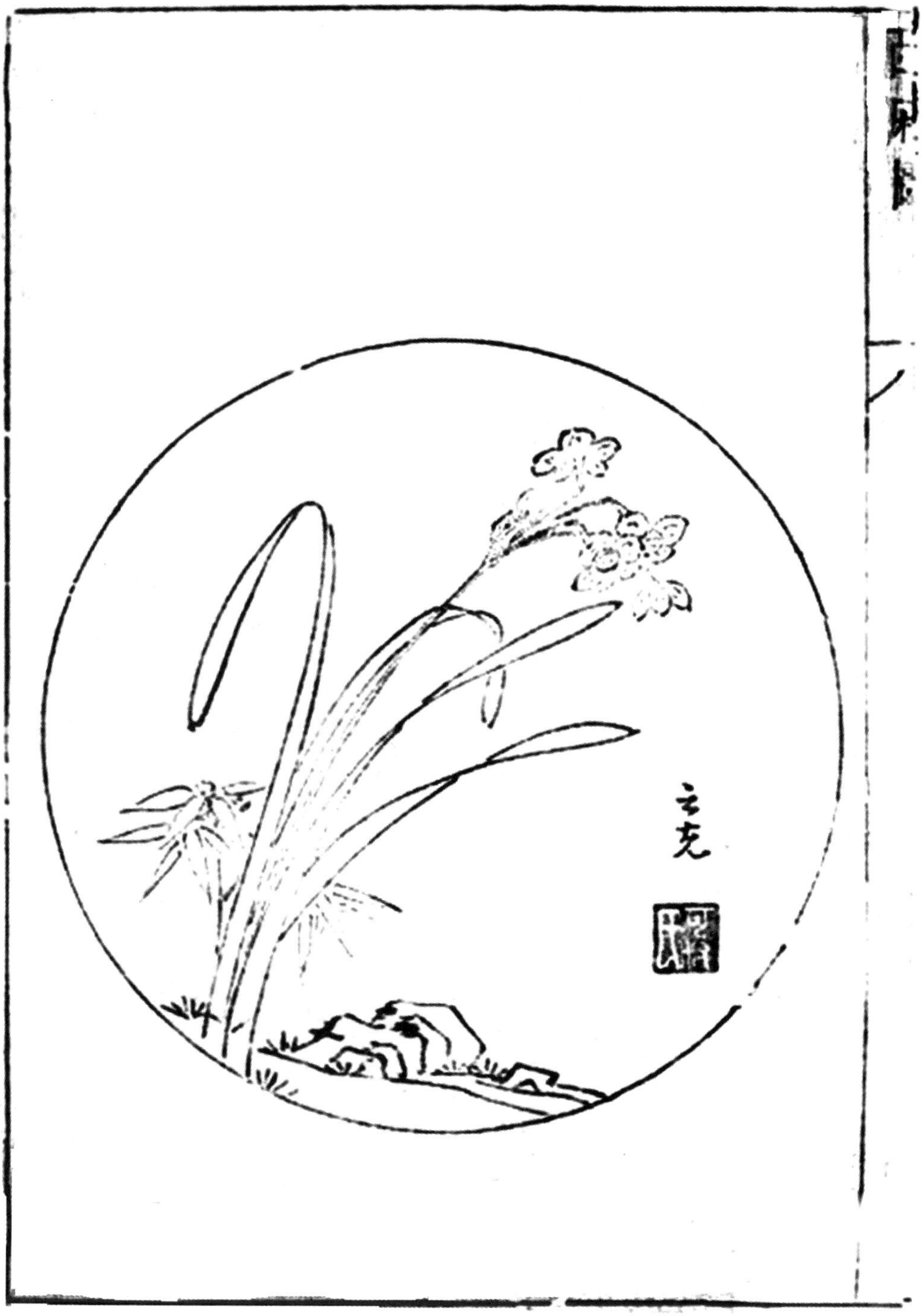

圖 18—38

圖 18—39 完配

《張深之先生正北西厢秘本》（張深之）版畫

《張深之先生正北西厢秘本》，簡稱“張本”，明崇禎十二年（1639）刊本。是書卷端題“元大都王實甫編，關漢卿續，明沁水張深之正”，題款馬權奇的“叙”，署“張道浚白”的“略則”6條。

張道浚，號深之，山西沁水人。祖父張五典曾任大理寺卿，父張銓曾任巡按御史等職，天啓元年（1621）後金兵圍攻瀋陽時殉職，張道浚世襲錦衣衛僉事，升至都督同知。

是書卷首有陳洪綬繪、武林項南洲刊版畫11幅，除“雙文小像”爲單面版畫外，其餘爲雙面連式版畫，圖無文字。

圖 19—1　**雙文小像**

圖 19—2

2271《張深之先生正北西厢秘本》（張深之）版畫

圖 19—3

圖19—4

2273《張深之先生正北西厢秘本》（張深之）版畫

圖 19—5

圖 19—6

2275《張深之先生正北西厢秘本》（張深之）版畫

圖 19—7

圖 19—8

圖 19—9　錢塘夢

圖 19—10

圖 19—11

《李卓吾批點西厢記真本》（西陵天章閣醉香主人刻）版畫

明崇禎十三年（1640）西陵天章閣醉香主人刻《李卓吾批點西厢記真本》，簡稱“天李本”。是書卷首標“新鐫李卓吾原評西厢記，畫仿元筆，西陵天章閣藏版”，繼其後依次是：《題卓老批點西厢記》，落款爲“崇禎歲庚辰仲秋之朔醉鄉主人書于快閣”；“雙文小像”等插圖21幀；落款爲“庚辰陽月望日書十美圖後，西湖古杭生”的記；“李卓吾先生批點西厢記真本目録”。卷尾附録：《錢塘夢》《會真記》《園林午夢》《圍棋闖局》（元晚進王生，名未詳）、《西厢摘句骰譜》（清遠道人湯顯祖若士甫輯）。

是書卷首有版畫41幅，除“雙文小像”爲單面版畫外，餘者均爲雙面連式版畫。

圖 20—1　雙文小像

圖 20—2　軃着香肩將花笑撚（一）

圖 20—3　髴着香肩將花笑撚（二）

圖 20—4 祇聞得鳥雀喧（一）

圖 20—5　**祇聞得鳥雀喧（二）**

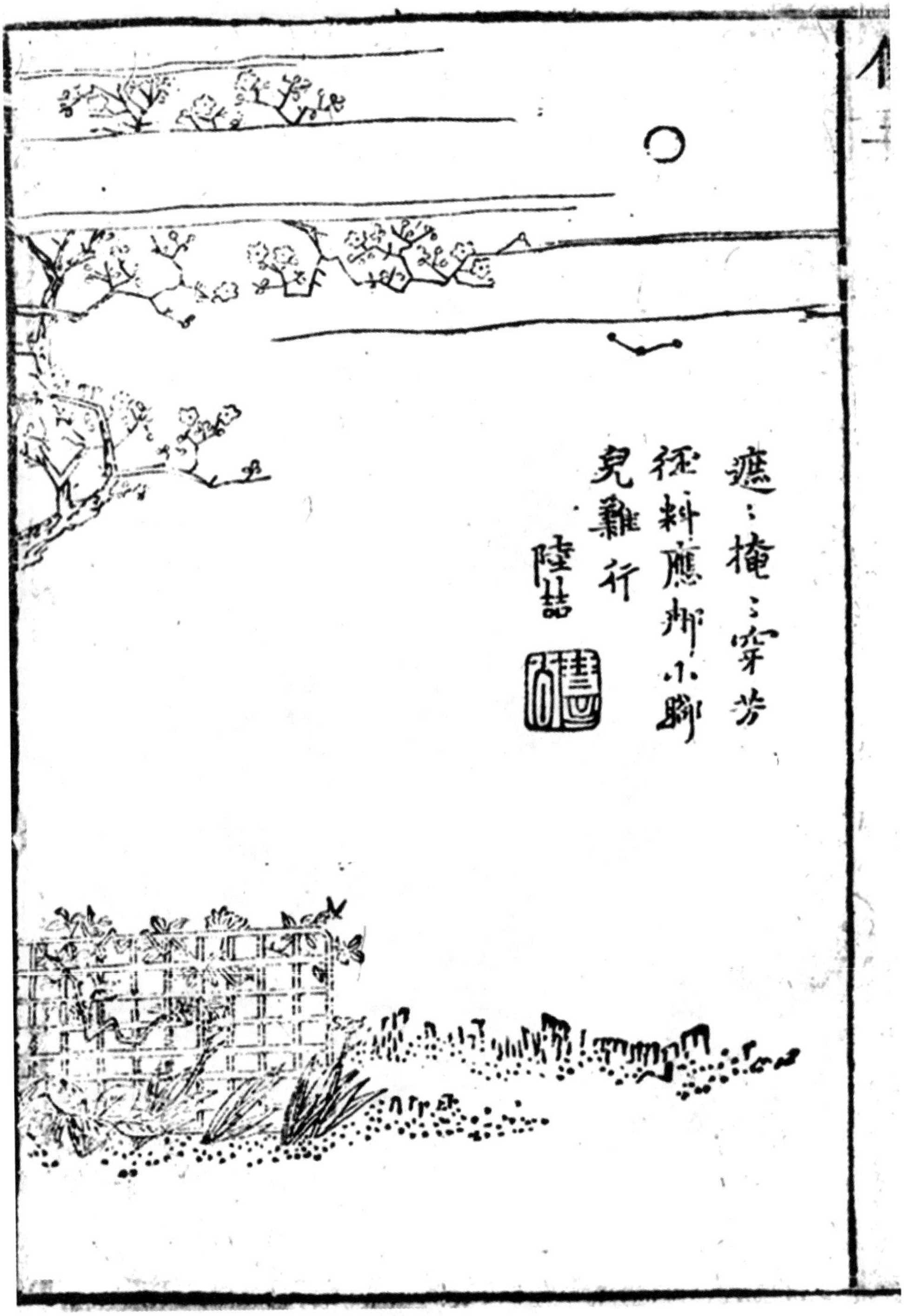

圖 20—6　遮遮掩掩穿芳徑，料應那小脚兒難行（一）

圖 20—7　遮遮掩掩穿芳徑，料應那小脚兒難行（二）

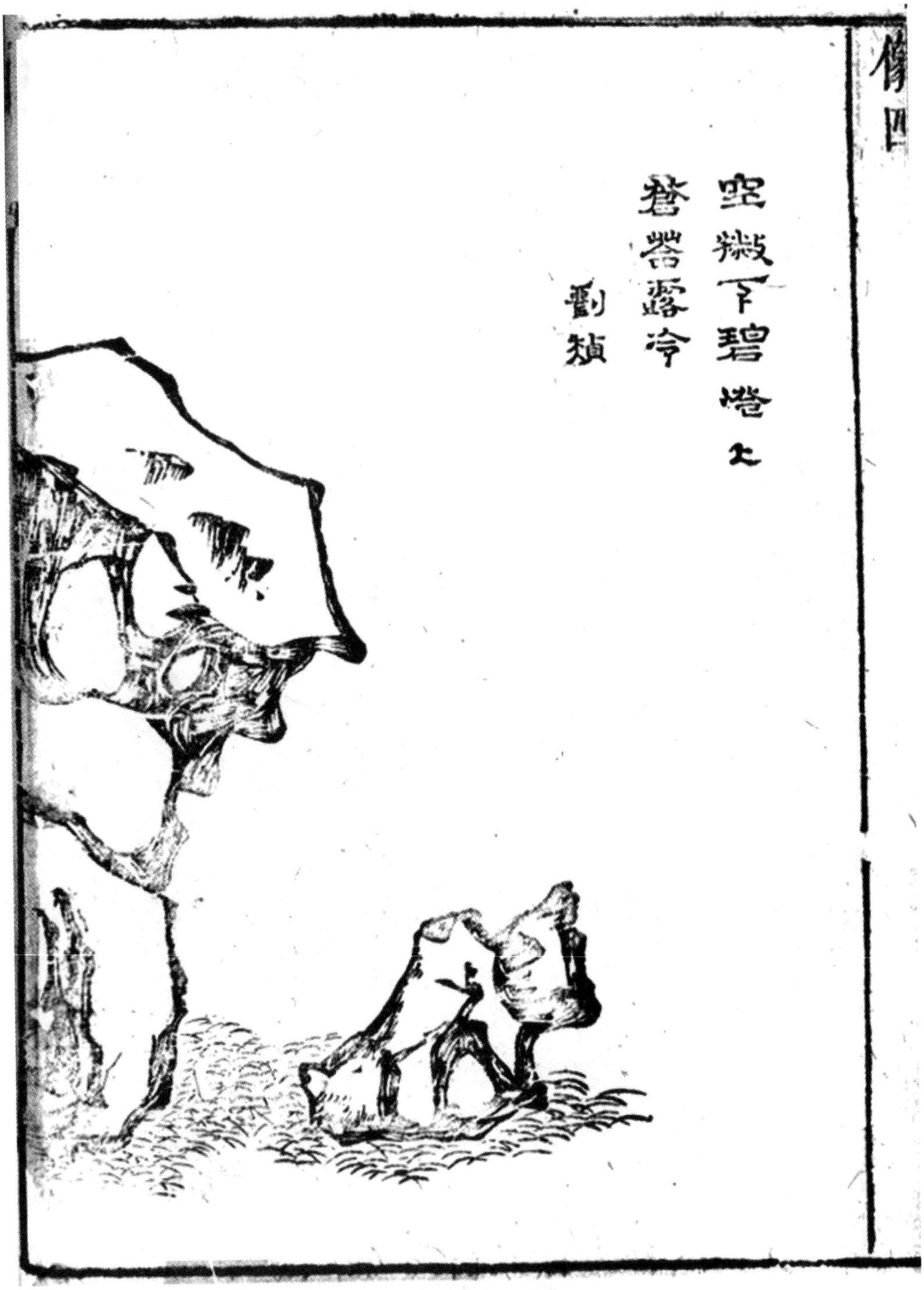

圖 20—8 空撇下碧澄澄蒼苔露冷（一）

圖 20－9　空撇下碧澄澄蒼苔露冷（二）

圖 20—10 無語憑欄杆，目斷行雲（一）

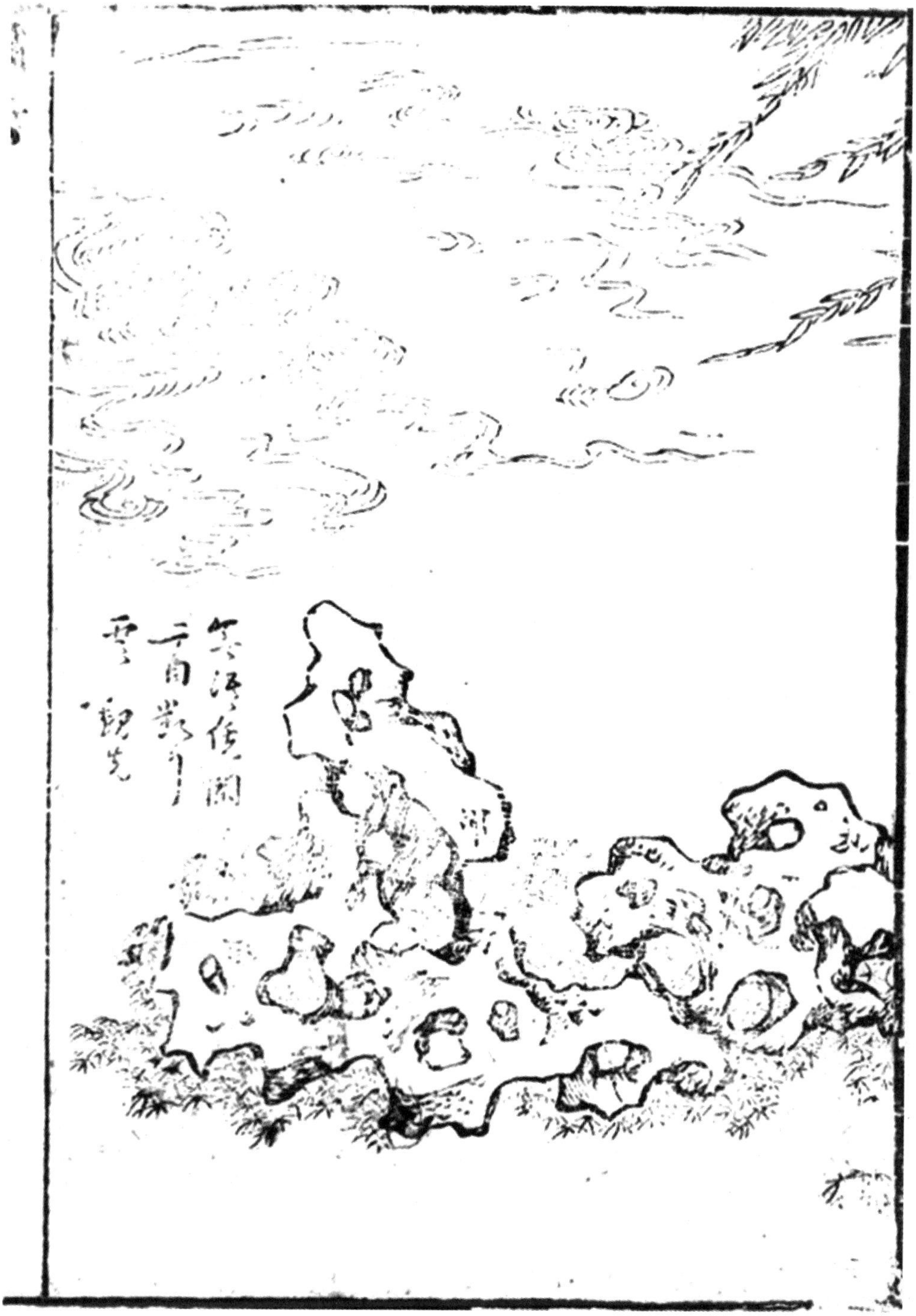

圖 20—11　**無語憑欄杆，目斷行雲（二）**

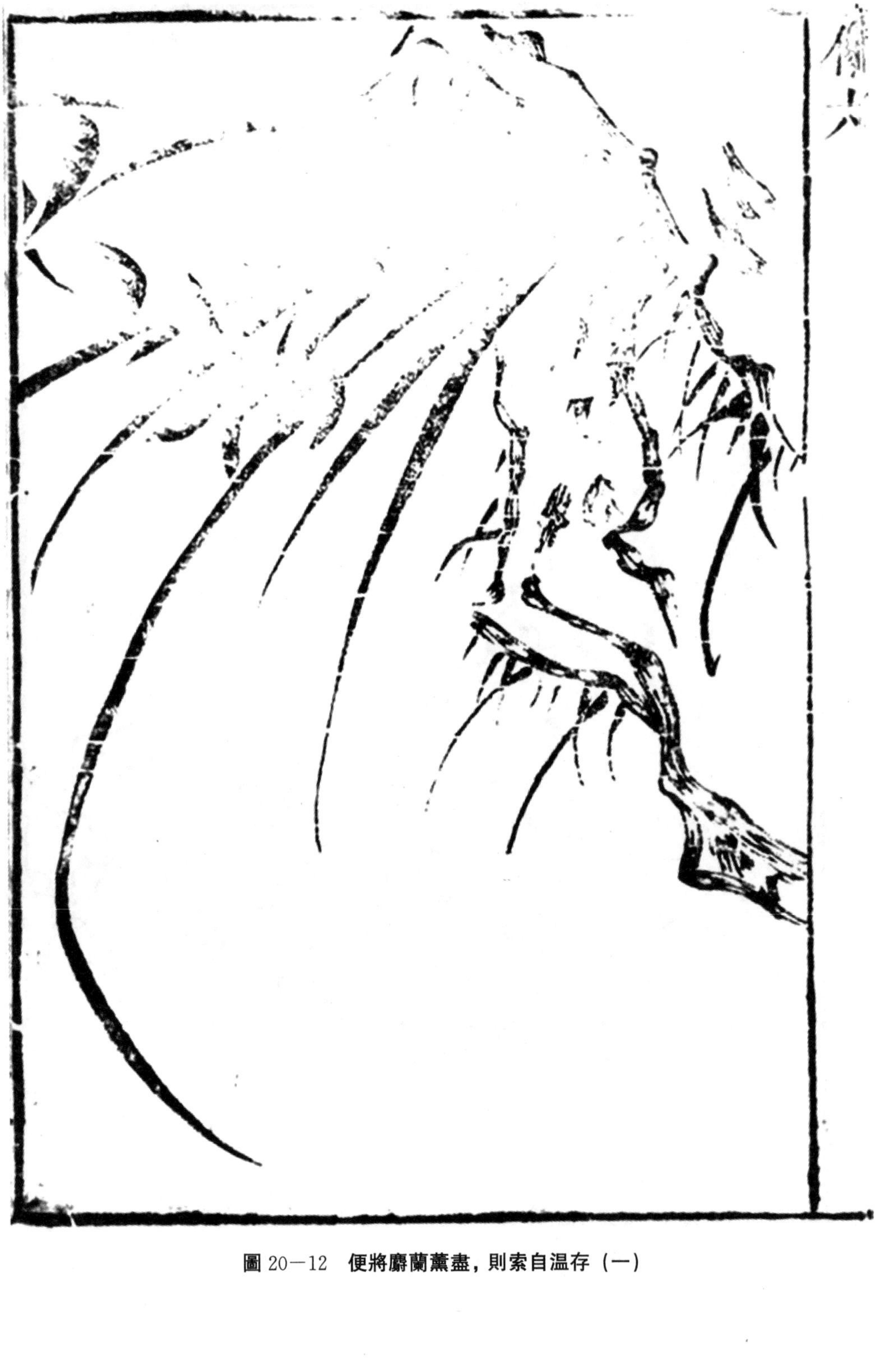

圖 20—12　**便將麝蘭薰盡，則索自温存（一）**

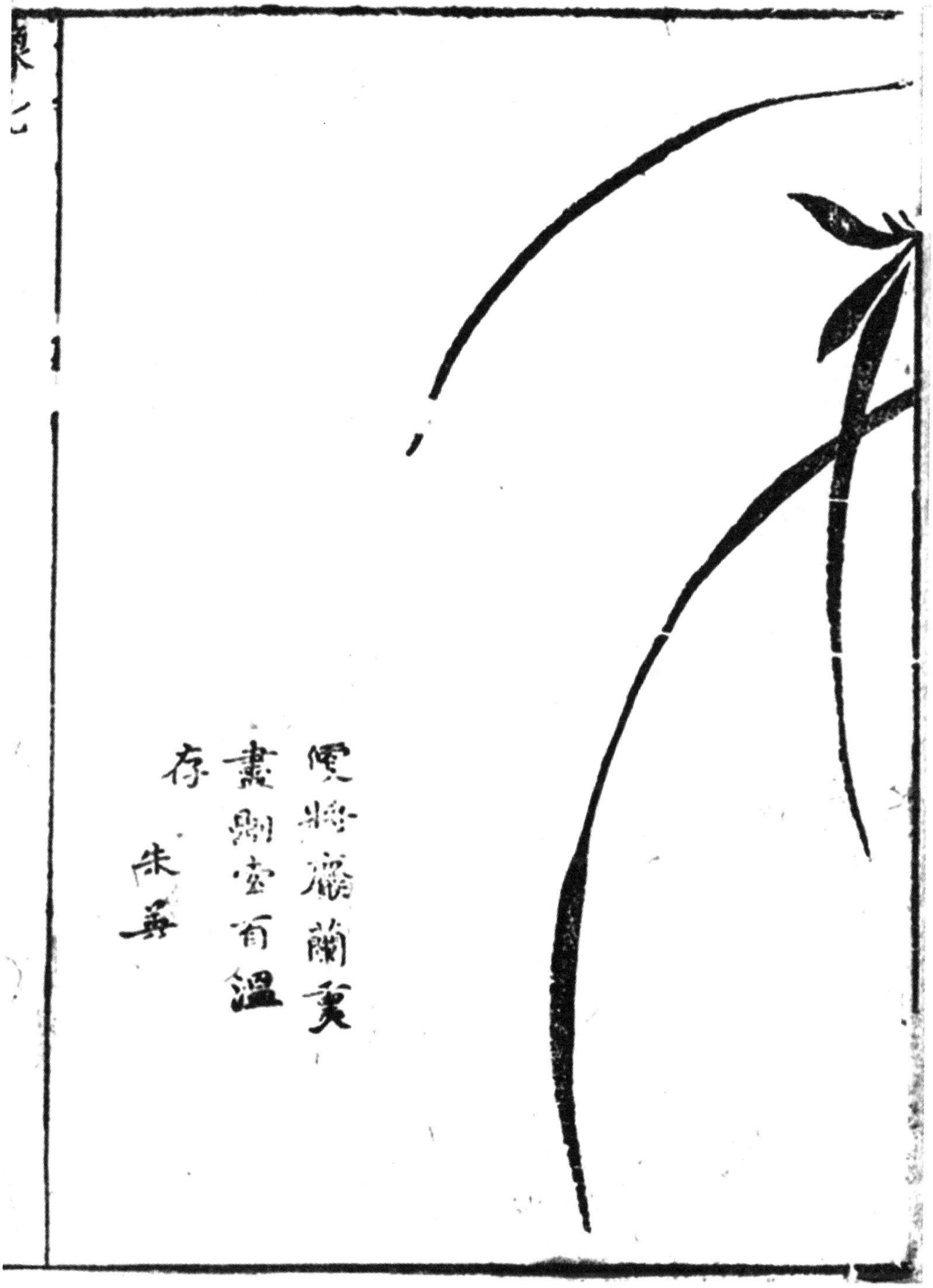

圖 20—13　**便將麝蘭薰盡，則索自温存（二）**

圖 20—14　**搭伏定鮫綃枕頭兒上盹（一）**

圖 20—15　搭伏定鮫綃枕頭兒上盹(二)

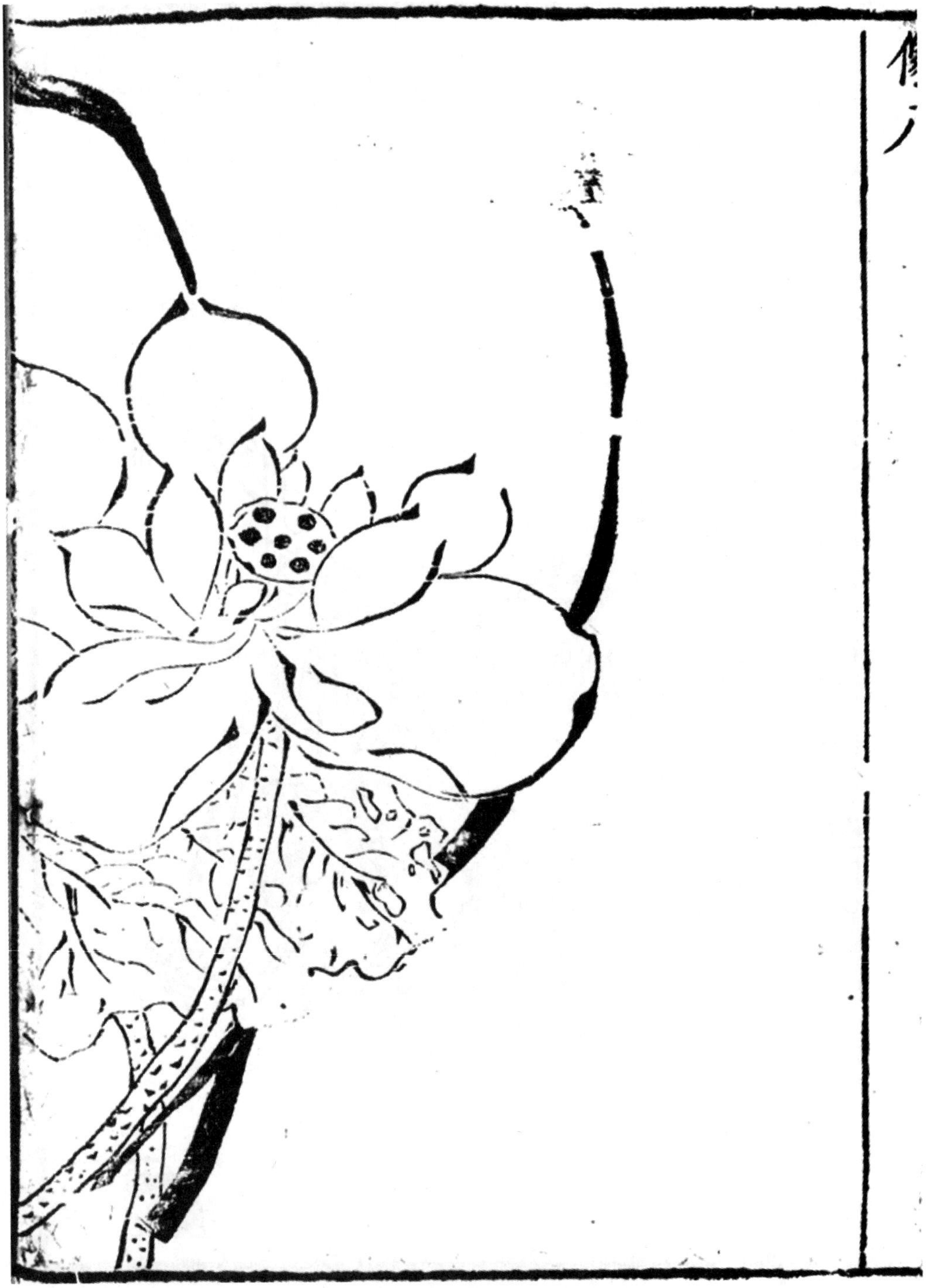

圖 20—16　**蓮臉生春，恰便似傾國傾城楊太真（一）**

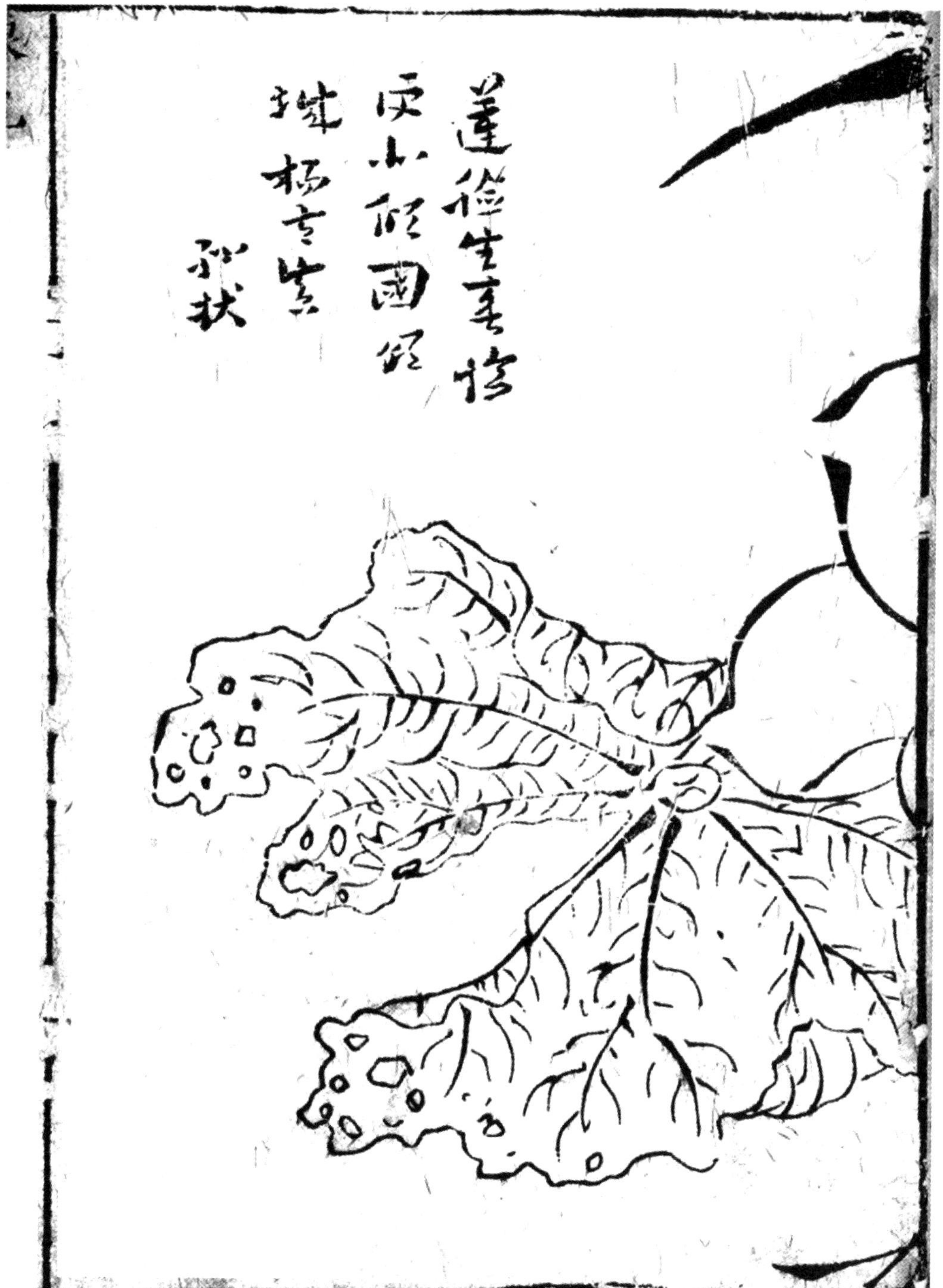

圖 20—17　**蓮臉生春，恰便似傾國傾城楊太真（二）**

圖 20－18　碧紗窗下畫了雙娥（一）

圖 20—19　碧紗窗下畫了雙娥（二）

圖 20—20　**玉容寂寞梨花朵（一）**

圖 20—21　玉容寂寞梨花朵（二）

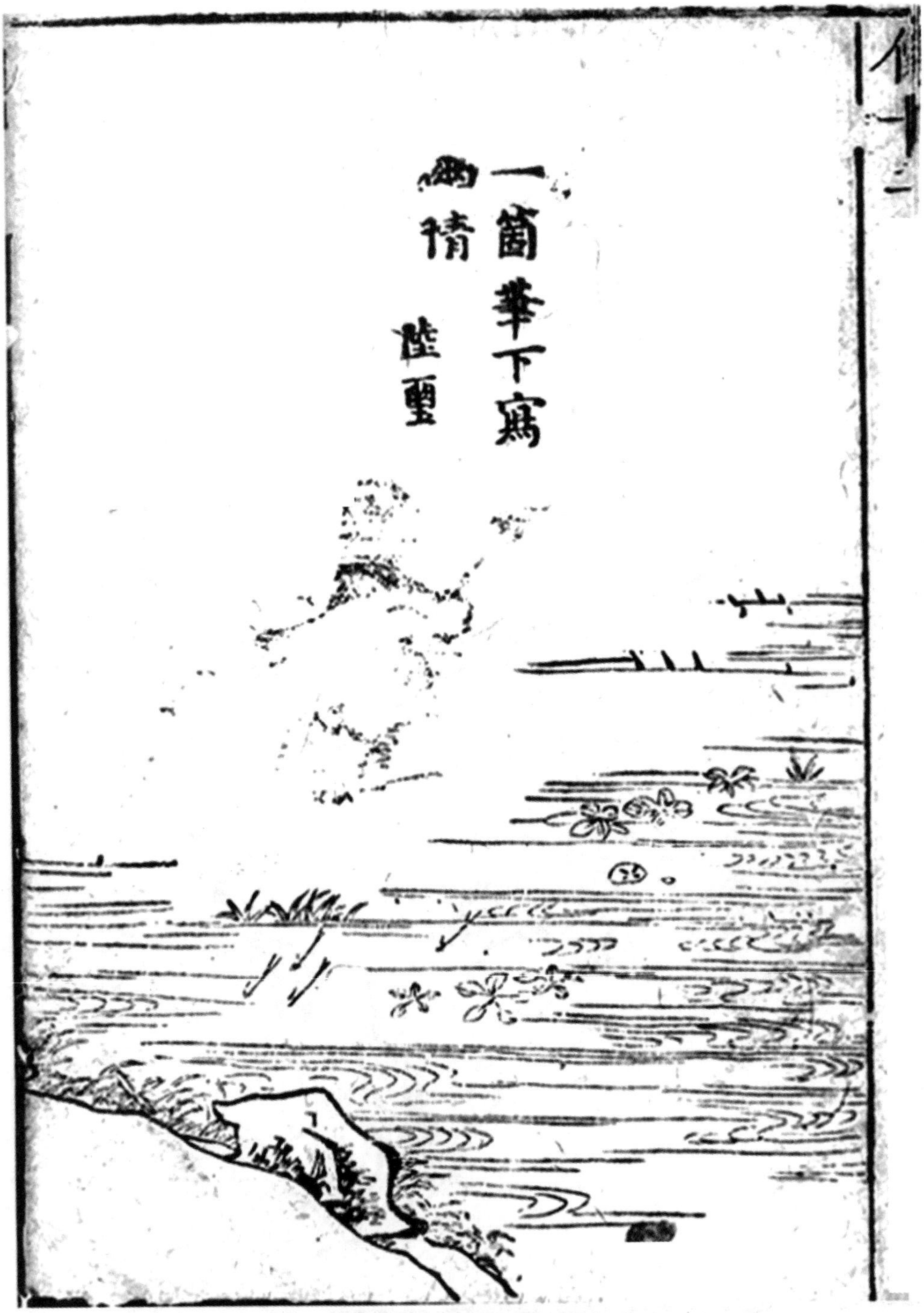

圖 20－22　一個筆下寫幽情（一）

2305《李卓吾批點西厢記真本》（西陵天章閣醉香主人刻）版畫

圖 20—23　一個筆下寫幽情（二）

圖 20—24 **桃李春風牆外枝（一）**

圖 20—25　桃李春風牆外枝（二）

圖 20—26 杏臉赤腮襯著月色，嬌滴滴越顯紅白（一）

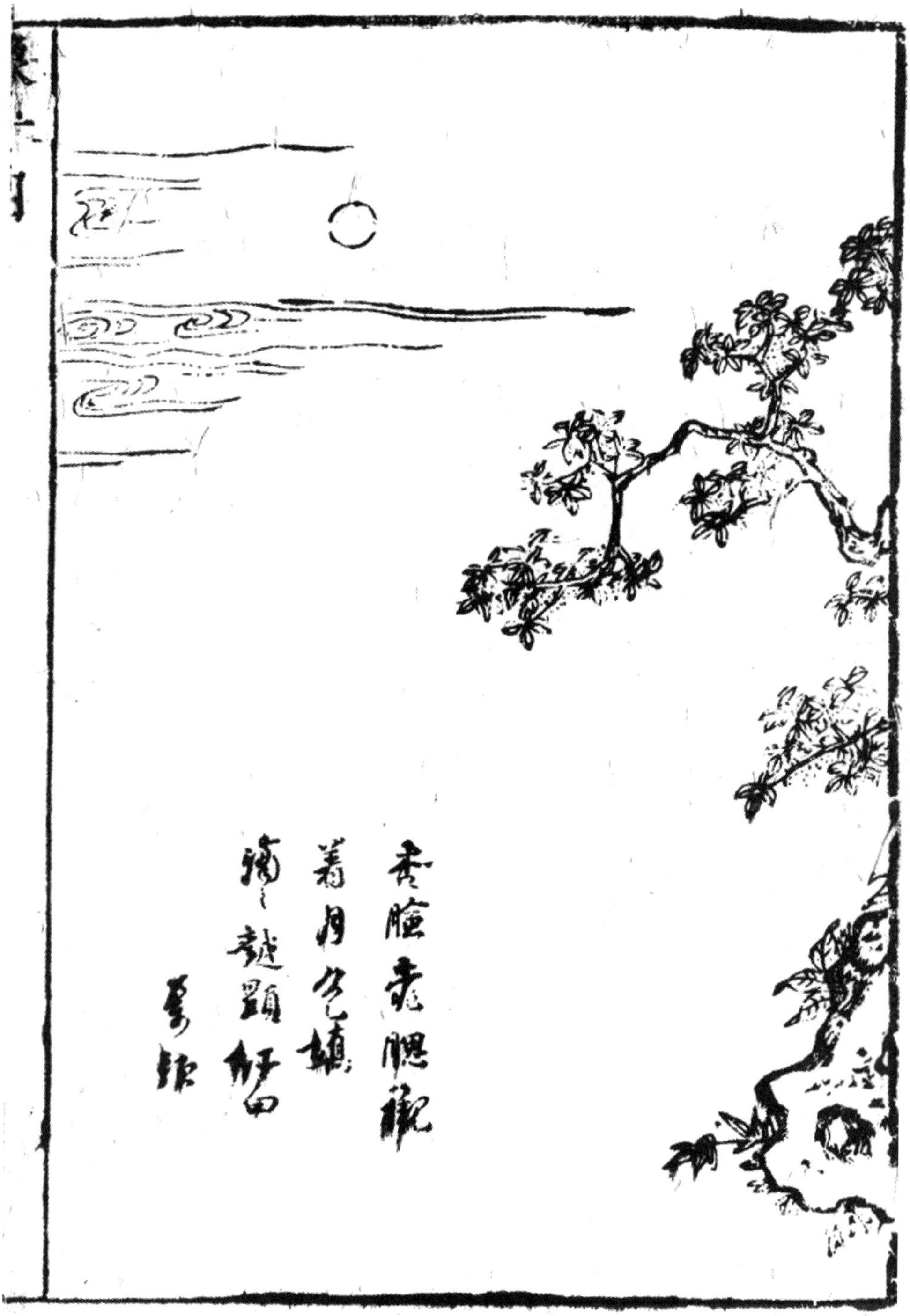

圖 20－27　杏臉赤腮襯著月色，嬌滴滴越顯紅白（二）

圖 20－28　**風弄竹聲，則道是金珮響（一）**

圖 20—29　風弄竹聲，則道是金珮響（二）

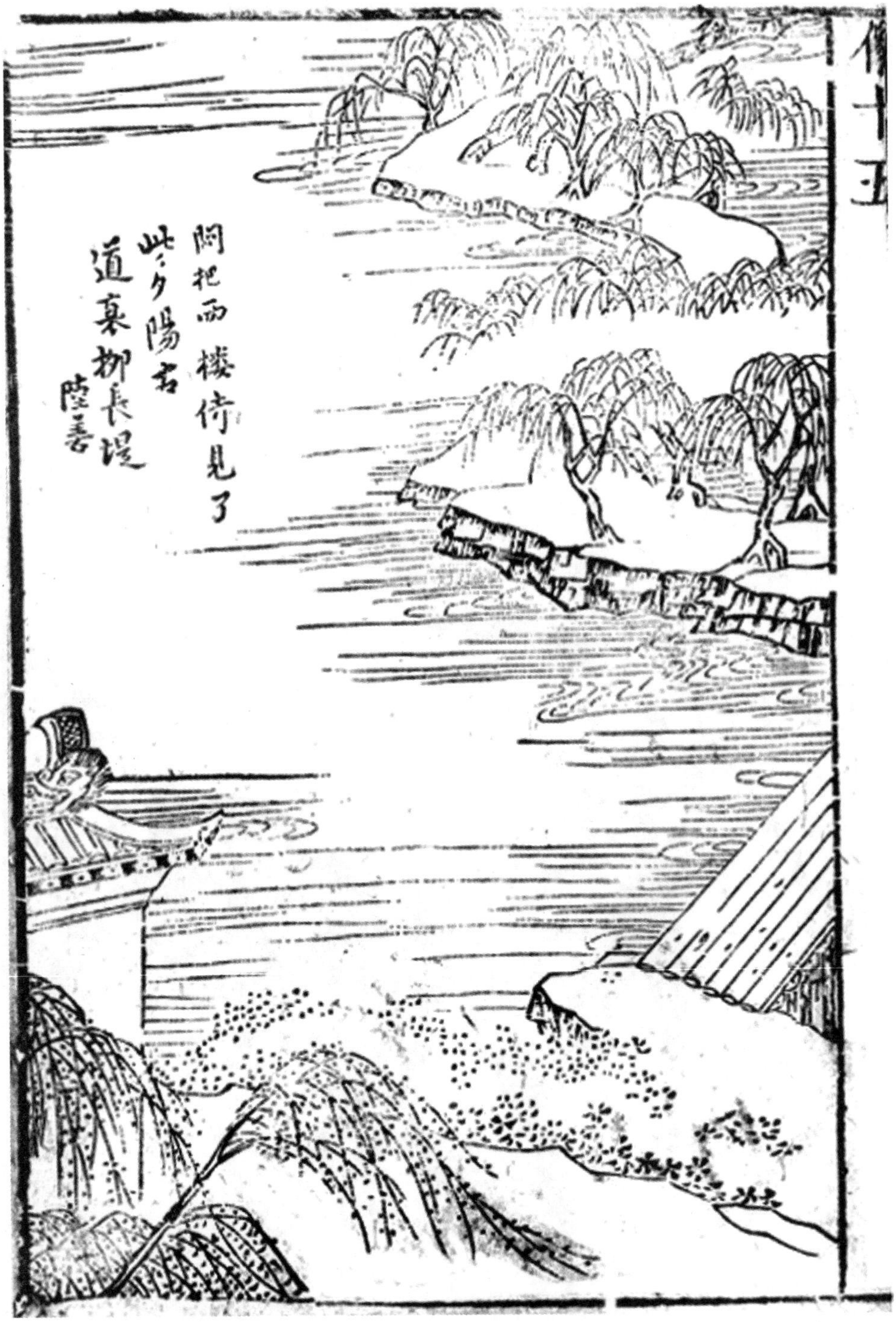

圖 20—30　悶把西樓倚，見了些夕陽古道衰柳長堤（一）

圖 20—31　悶把西樓倚，見了些夕陽古道衰柳長堤（二）

圖 20—32 碧雲天，黄花地（一）

圖 20—33　碧雲天，黄花地（二）

圖 20－34　**走荒郊曠野，把不住心嬌怯（一）**

圖 20—35　**走荒郊曠野，把不住心嬌怯（二）**

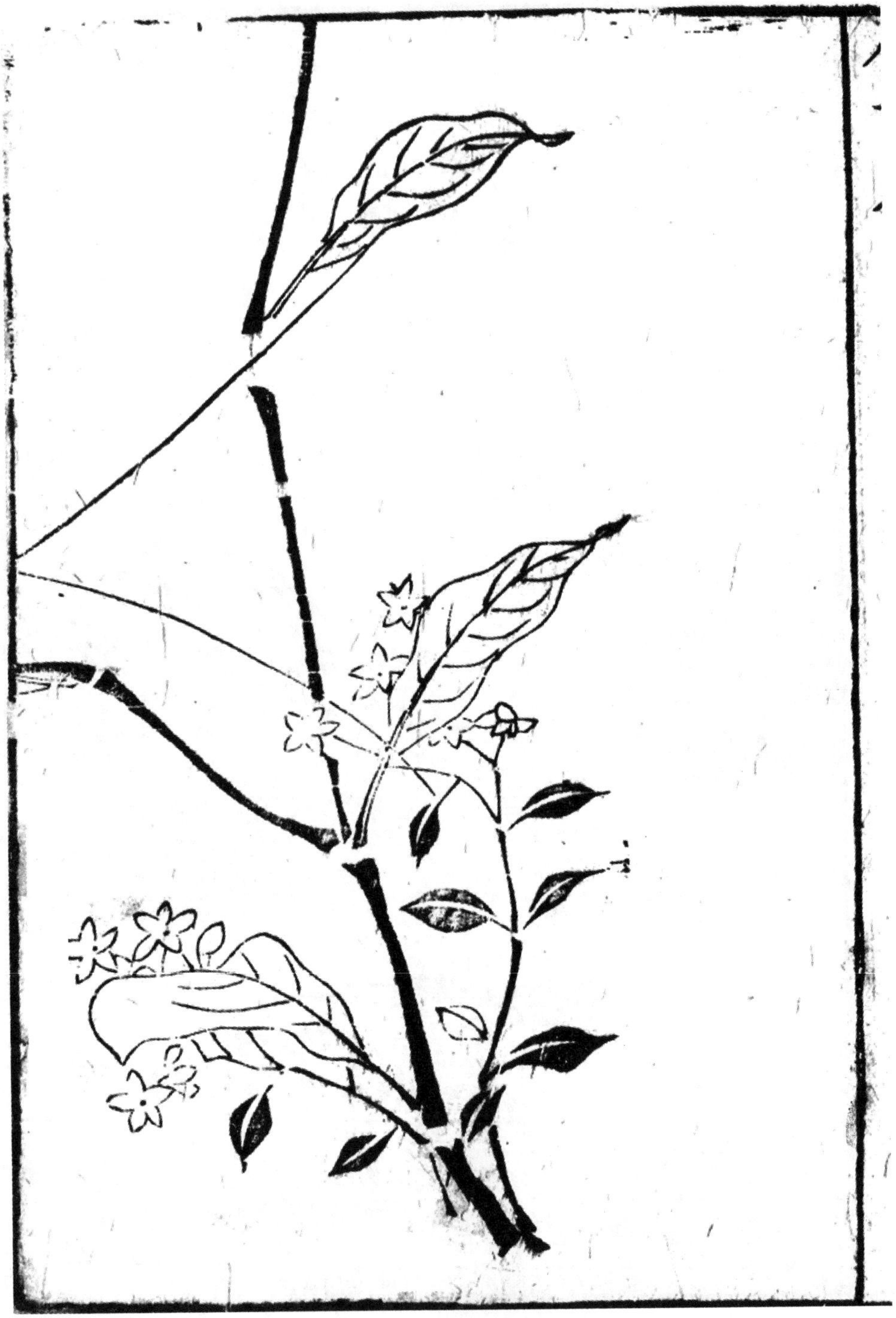

圖 20—36 **秋蛩鳴四野（一）**

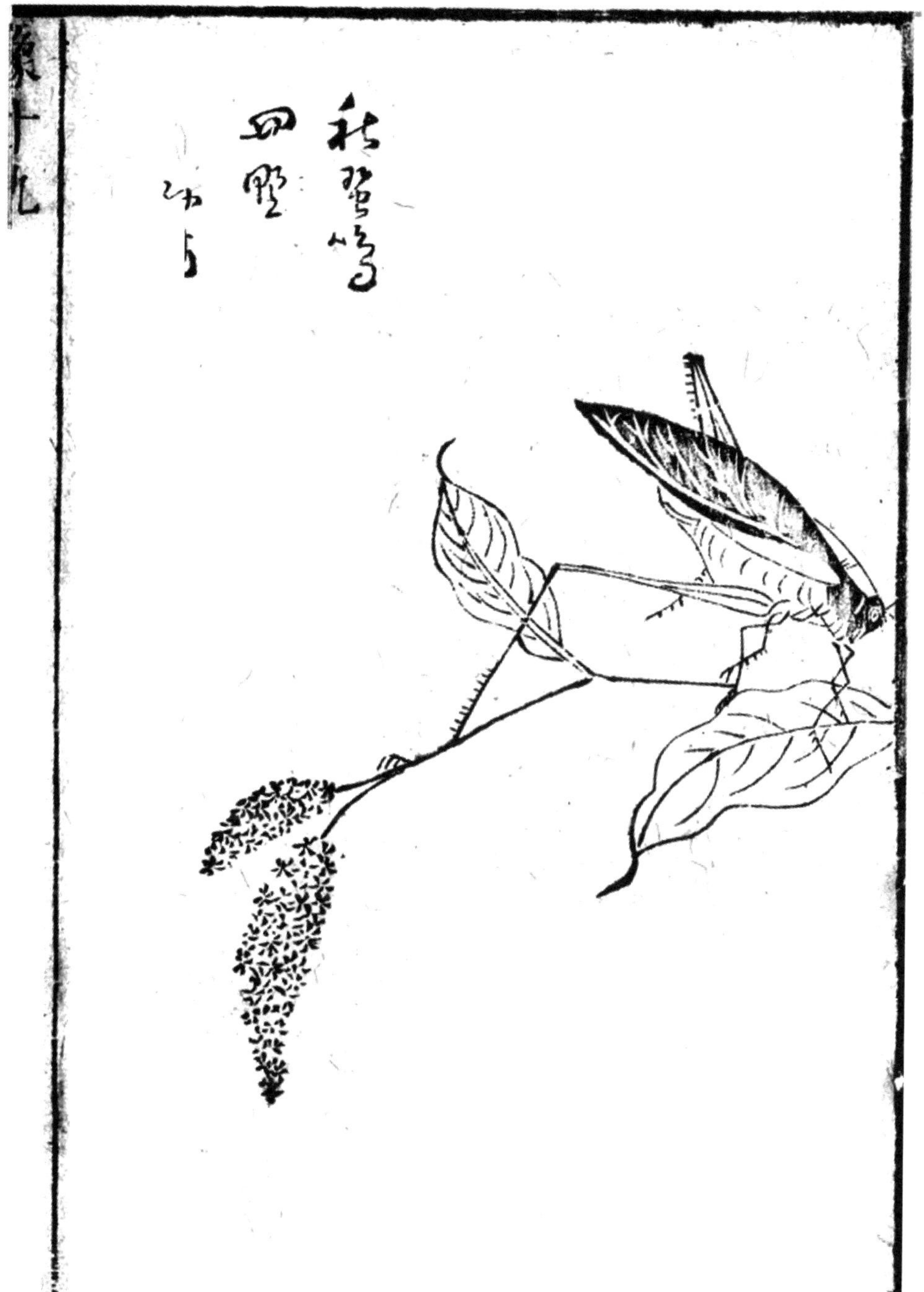

圖 20—37　秋蛩鳴四野（二）

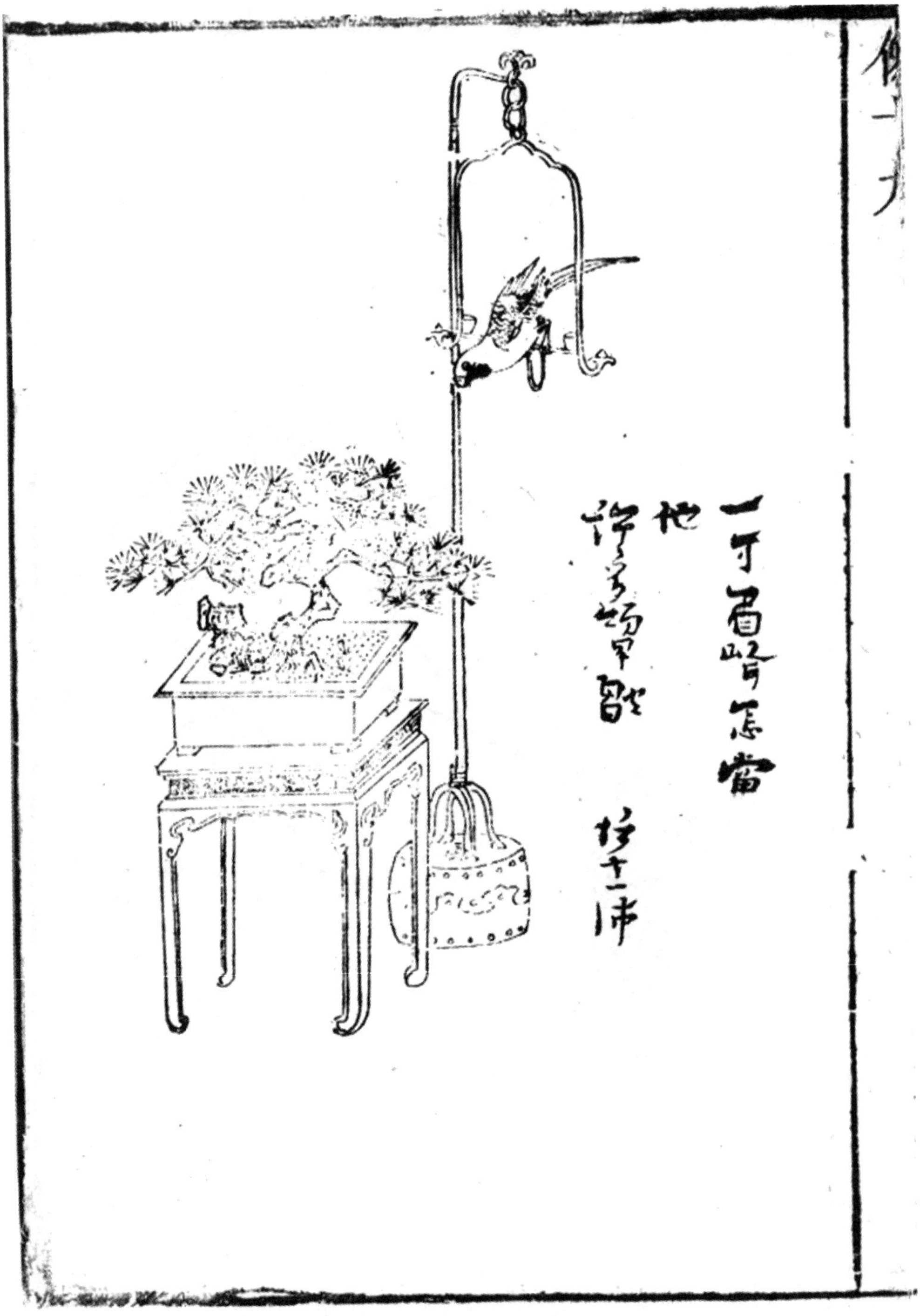

圖 20—38 一寸眉峰，怎當他許多顰皺（一）

圖 20—40　**一寸眉峰，怎當他許多顰皺（二）**

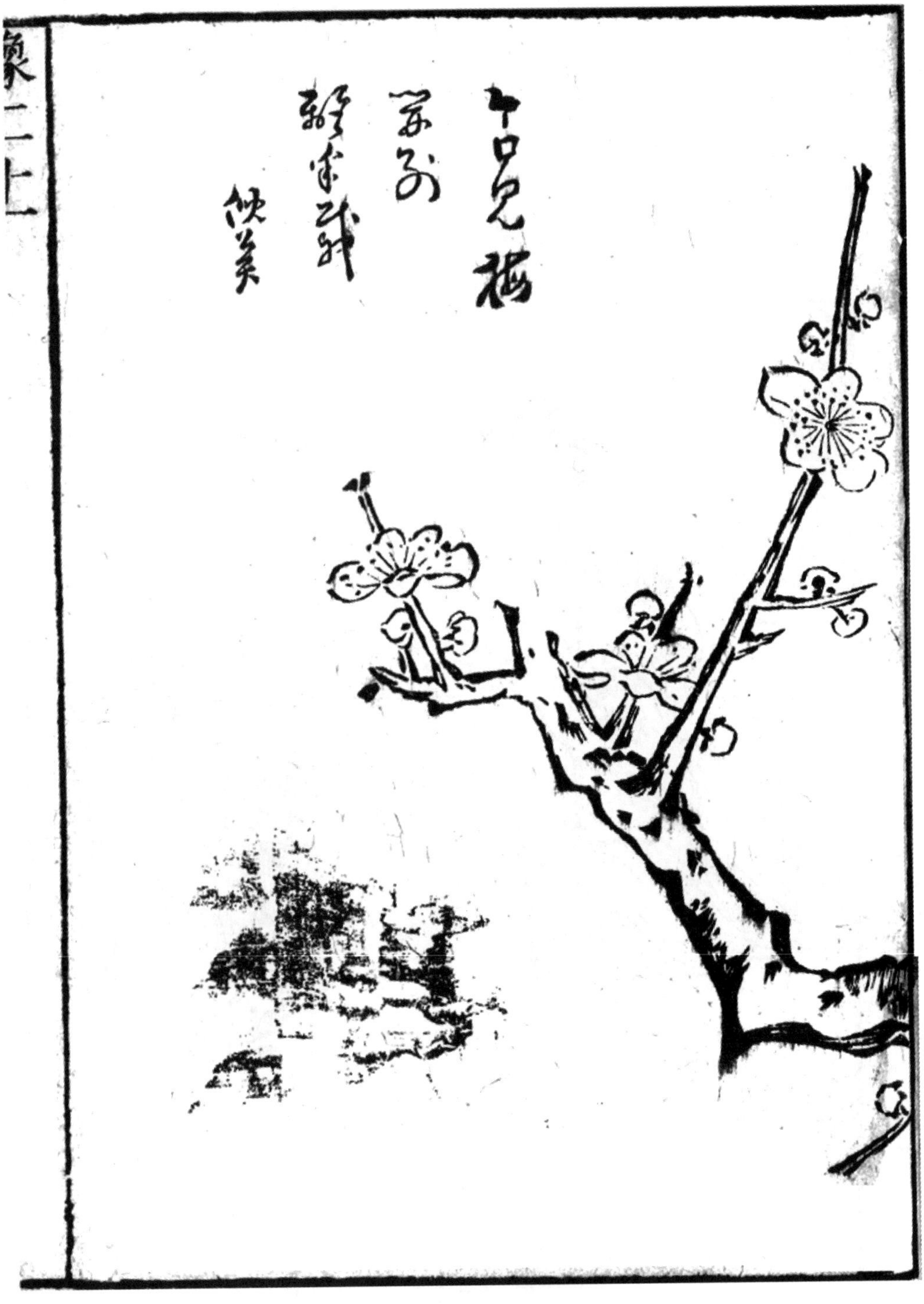

圖 20—39　今日見梅開，别離半載（一）

圖 20－41　今日見梅開，别離半載（二）

《湯海若先生批評西厢記》（蕭騰鴻師儉堂刻本）版畫

《湯海若先生批評西厢記》，簡稱“湯本”，明崇禎間蕭騰鴻師儉堂刻本。是書分上下兩卷。上卷依次爲：落款“海若湯顯祖書”的《西厢序》（序文全部照録陳眉公本）、《湯海若先生批評會真記卷之首》（有眉批、總批）、《附園林午夢》（有眉批）、《附錢塘夢》《湯海若先生批評西厢記卷上目録》《湯海若先生批評西厢記卷之上》（1—10齣）、《湯海若先生音釋西厢記卷之上》（含釋義、字音）。下卷依次爲：《湯海若先生批評西厢記卷下目録》《湯海若先生批評西厢記卷之下》（11—20齣）、《湯海若先生音釋西厢記卷之下》（含釋義、字音）、《湯海若先生批評蒲東詩》（有眉批）。

是書正文部分，和容與堂本幾乎全部相同，甚至第二折目録作“僧房假遇”、正文作“僧房假寓”，也和容與堂本一樣。故是書顯係書坊假湯顯祖之名的射利之作。明末戲曲家沈自晋曾對當時戲曲刻本多借名湯顯祖評點之舉加以諷刺：“那得胡圈亂點塗人目，漫假批評玉若堂？坊間伎倆，更莫辨詞中襯字，曲白同行。”（明沈自晋撰，張樹英點校《沈自晋集・越溪新咏・偶作》，中華書局2004年，第203頁）

是書分上下兩卷，每卷十齣，每隔一兩齣附雙面連式版畫2幅，共計20幅。

圖 21－1　佛殿奇逢（一）　第一齣

圖 21－2　**佛殿奇逢（二）　第一齣**

圖 21—3　墻角吟詩（一）　第三齣

圖 21—4　墻角吟詩（二）　第三齣

圖 21—5　**白馬解圍（一）　第五齣**

圖 21—6　白馬解圍（二）　第五齣

圖 21—7　**夫人停婚（一）　第七齣**

2333《湯海若先生批評西厢記》（蕭騰鴻師儉堂刻本）版畫

圖 21—8　夫人停婚（二）　第七齣

圖 21—9 **妝臺窺簡（一） 第十齣**

圖 21—10 妝臺窺簡（二） 第十齣

圖 21—11 乘夜逾墻（一） 第十一齣

圖 21—12　**乘夜逾墻（二）　第十一齣**

圖 21—13　月下佳期（一）　第十三齣

圖 21—14　月下佳期（二）　第十三齣

圖 21—15 長亭送别（一） 第十五齣

圖 21—16　長亭送別（二）　第十五齣

圖 21—17　尺素緘愁（一）　第十八齣

圖 21—18　尺素緘愁（二）　第十八齣

圖 21—19　衣錦還鄉（一）　第二十齣

圖 21－20　衣錦還鄉（二）　第二十齣

《新訂徐文長先生批點音釋北西廂》（徐文長音釋本）版畫

《新訂徐文長先生批點音釋北西廂》，簡稱“徐音本”，明崇禎間刻本。是書無序跋、牌記。卷首是 8 頁 16 幅單面版畫圖像，上文下圖刊刻，次爲“新鐫徐文長先生真本北西廂會真記”，再次爲“附録蒲東詩”。

在正文版式上，徐畫本分爲五折，每折四套，徐音本則爲二十齣，每齣四字標目。每齣有眉批，齣後有手書總批，刊刻“釋義”和“音字”。頗有意思的是，徐音本第二齣却作“第二套”，刊刻者的粗疏透露出其脱胎于徐畫本的信息。

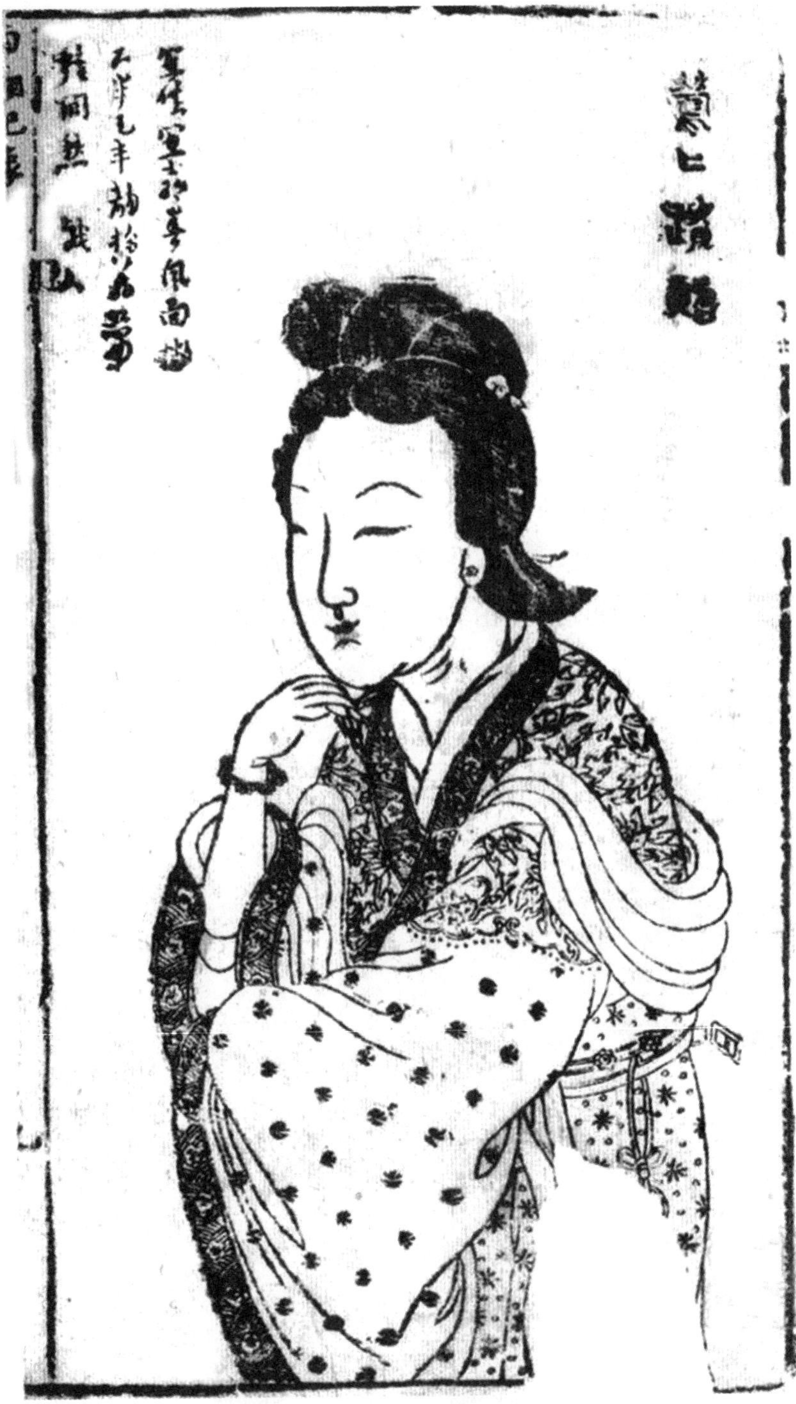

圖 22—1 鶯鶯遺照

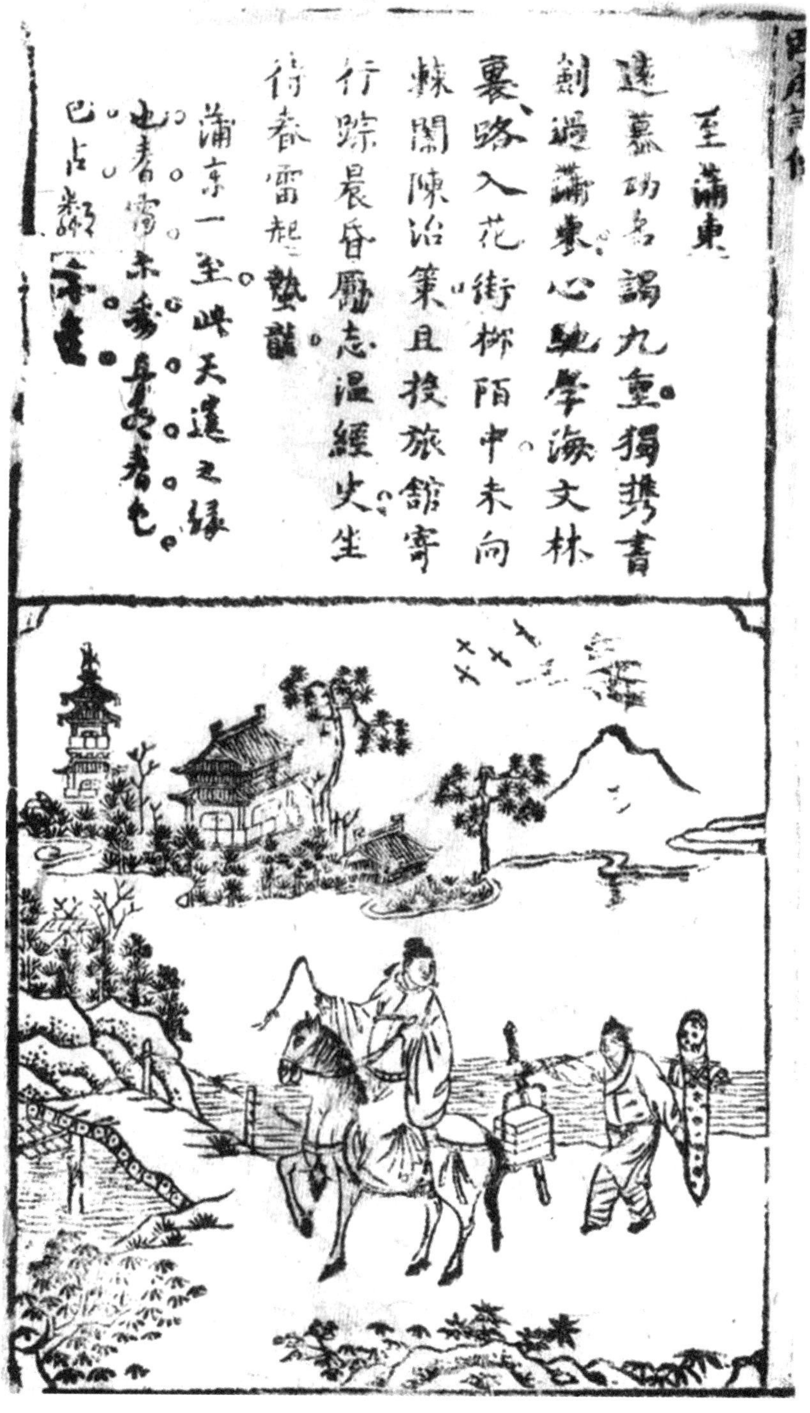
至蒲東
遠慕功名謁九重。獨携書劍過蒲東。心馳學海文林裏，路入花街柳陌中。未向蘇闈陳治策，且投旅館寄行踪。晨昏勵志溫經史，生待春雷起蟄龍。
蒲東一至此天遣之緣也

圖 22—2　**至蒲東**

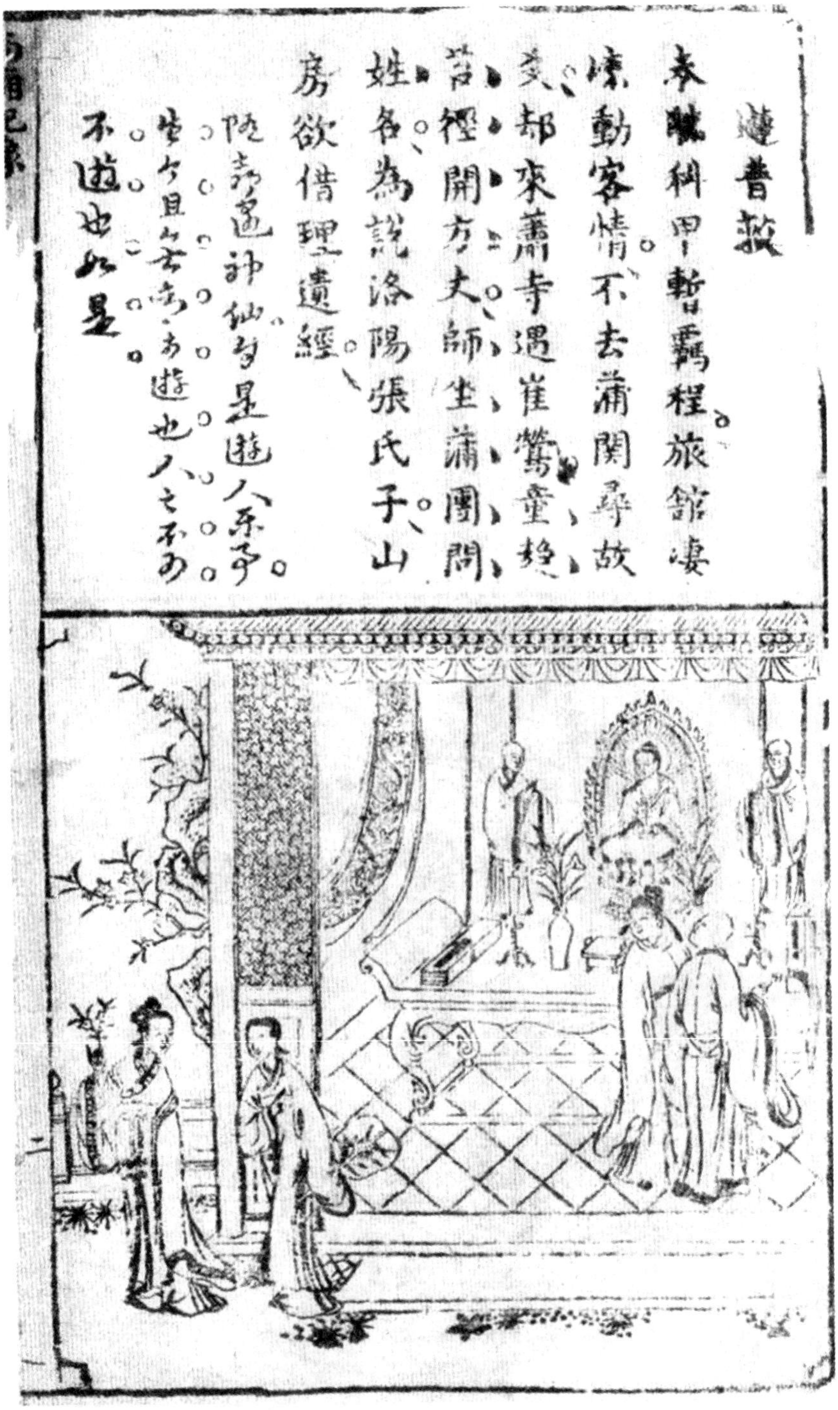

圖 22—3 **游普救**

借僧房
遊宦幽燕厭市廛。獸來此
地意欣然。還辭故國家千
里。欲傚叢林屋數椽。靜處
且宜溫舊業。閒中還可聽
談禪。尊師若肯千金諾。願
罄行囊奉貸錢。

圖 22—4 **借僧房**

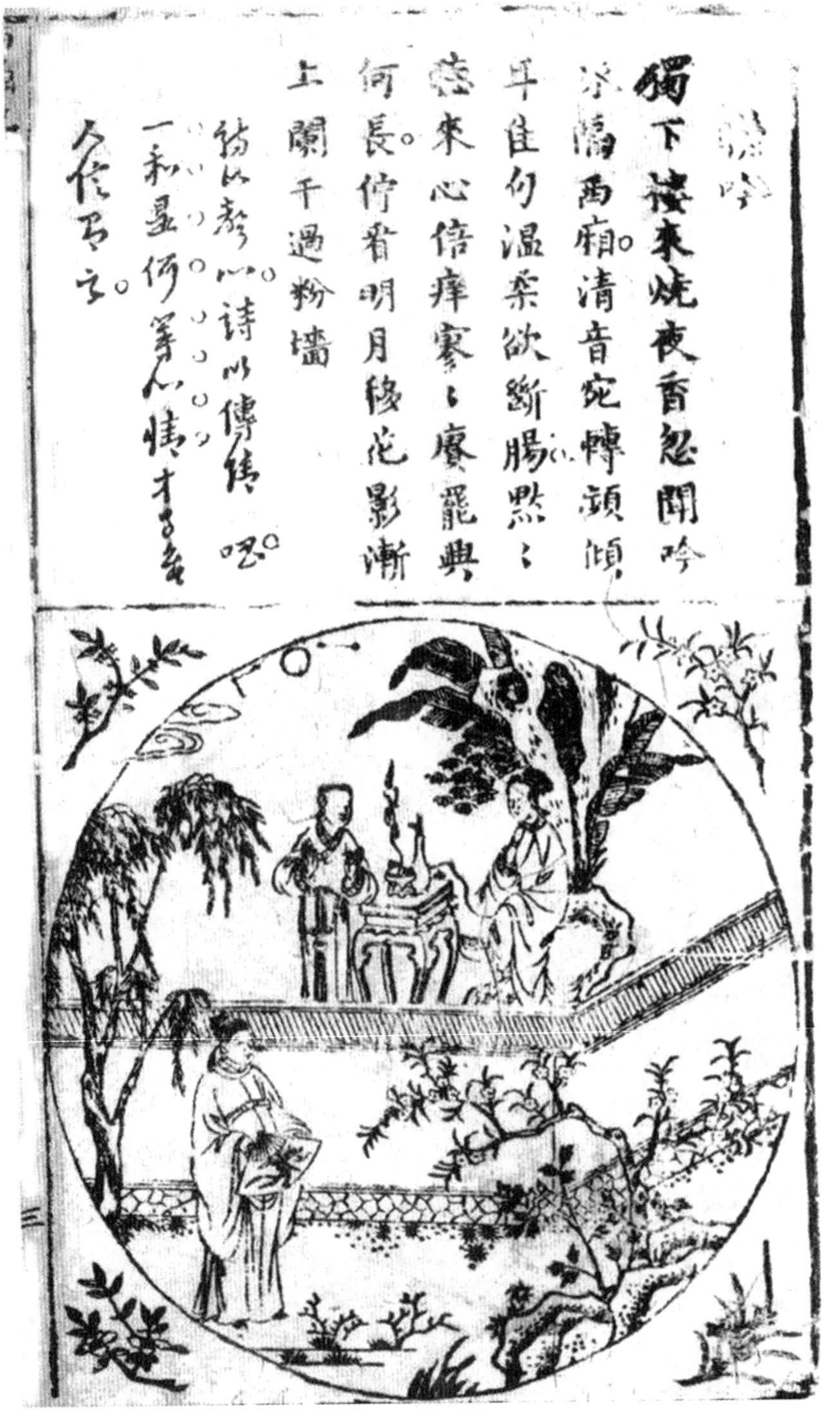

聯吟

獨下樓來燒夜香忽聞吟
聲隔西廂清音宛轉頓傾
耳佳句溫柔欲斷腸默默
志來心倍癢寥寥罷興
何長佇看明月移花影漸
上闌干過粉墻

鶯以彥心詩以傳情呀
一和呈何等人情才子
久候多之

圖22—5 聯吟

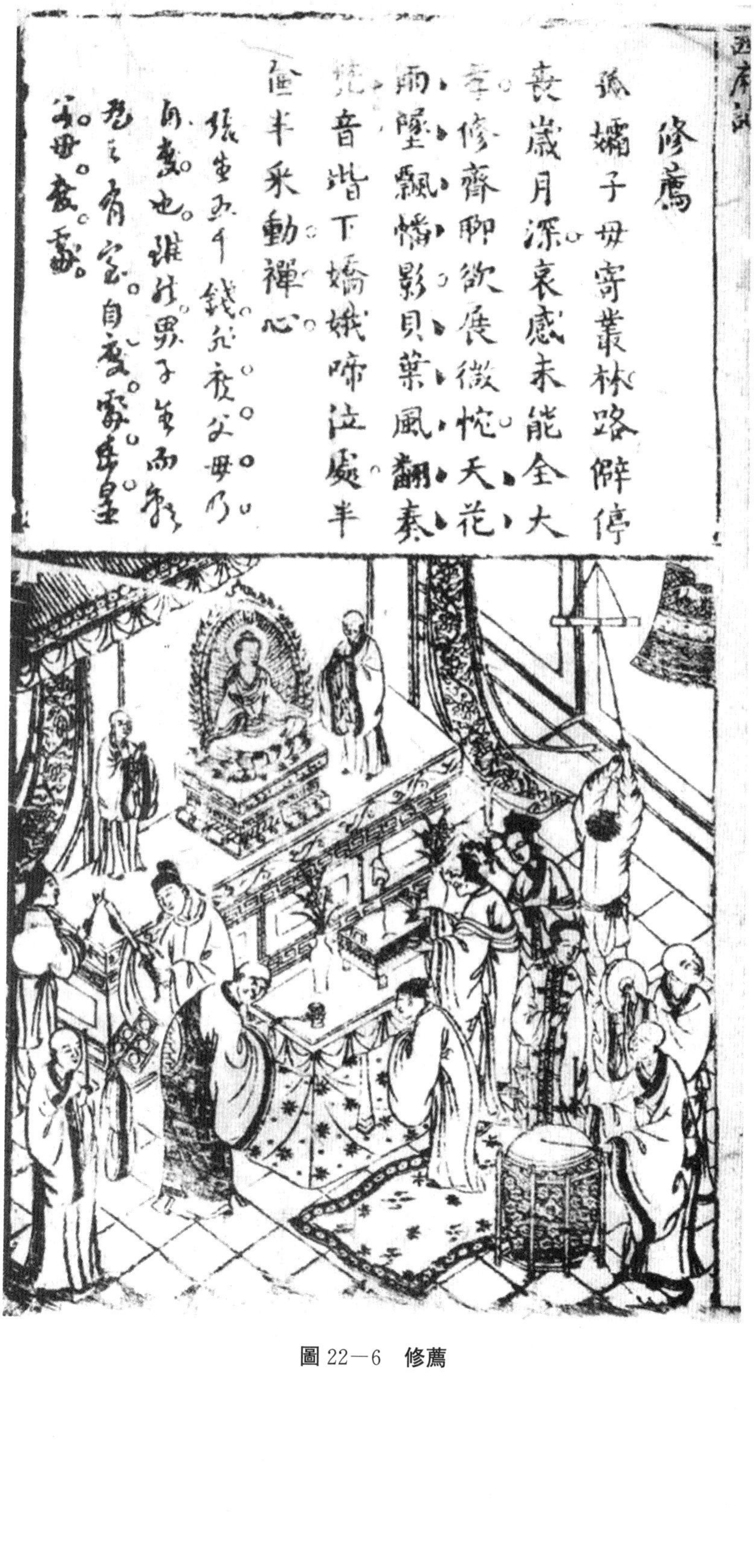

修薦

孤孀子母寄叢林路辟僻
喪歲月深哀感未能全大
作修齋聊欲展微忱天花
雨墜飄幡影貝葉風翻奏
梵音階下嬌娥啼泣鬢半
奄乎采動禪心

張生五千錢充夜父母乃
成意也誰拜男子等而能
起之有家自要麼座皇
和母哀奪

圖 22-6　修薦

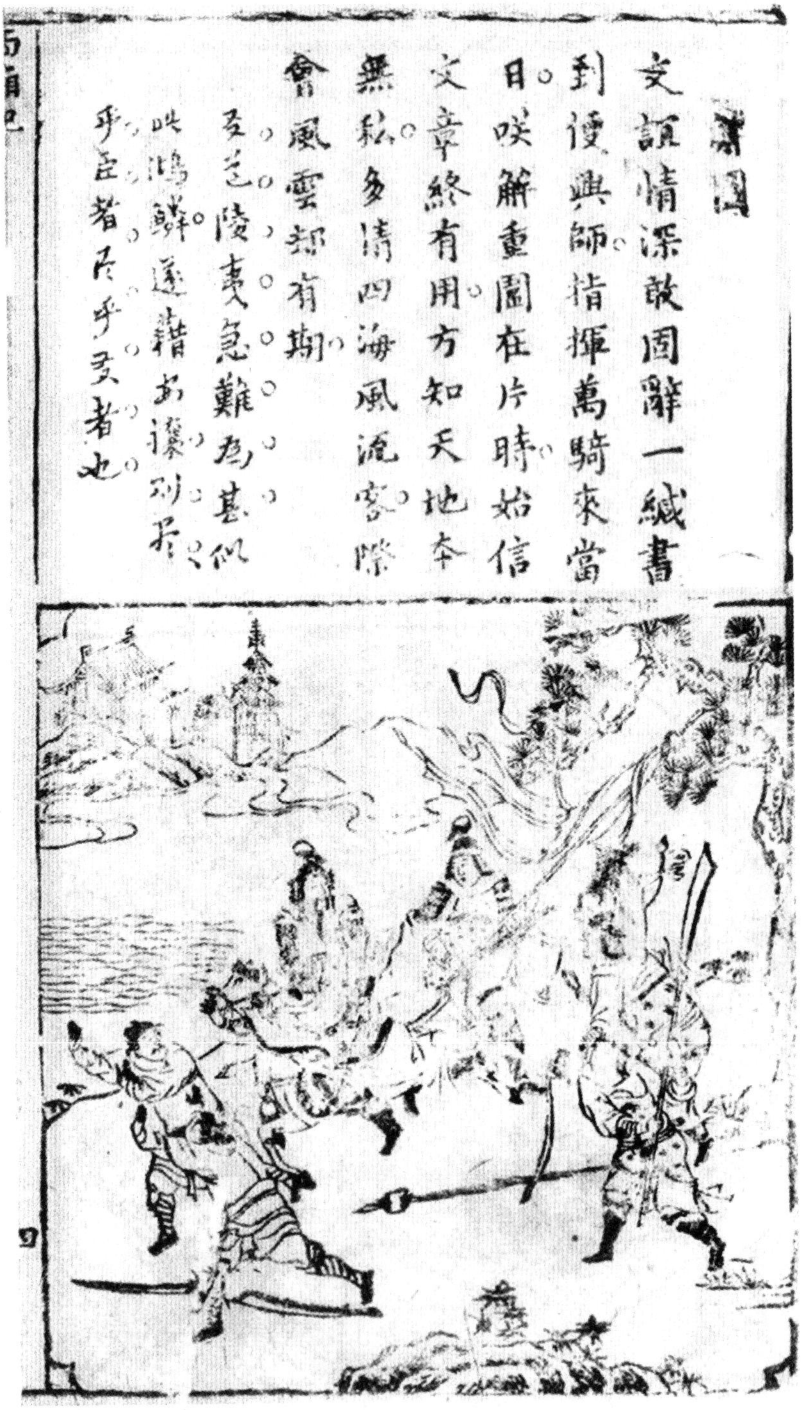

詩曰

文韜情深敵圍解一緘書
到便興師指揮萬騎來當
日噯解重圍在片時始信
文章終有用方知天地本
無私多情四海風流客際
會風雲卻有期
至惹陵夷急難為甚似
映鴻鮮遂籍如藤劉景
乎臣者兵乎受者也

圖 22－7　解圍

2355 《新訂徐文長先生批點音釋北西廂》（徐文長音釋本）版畫

負盟

闔舍愁思捧金卮故問慈
親。此勸誰意欲滿斟減
慶情當苦勸又支離明知
學士思求配暗怨夫人忘
辭圖拗恨張生佯作醉沉
吟不飲再三嚥
尼以添為歡後叫兩聲
故也兄妹延席是學
佛堂且添愁念

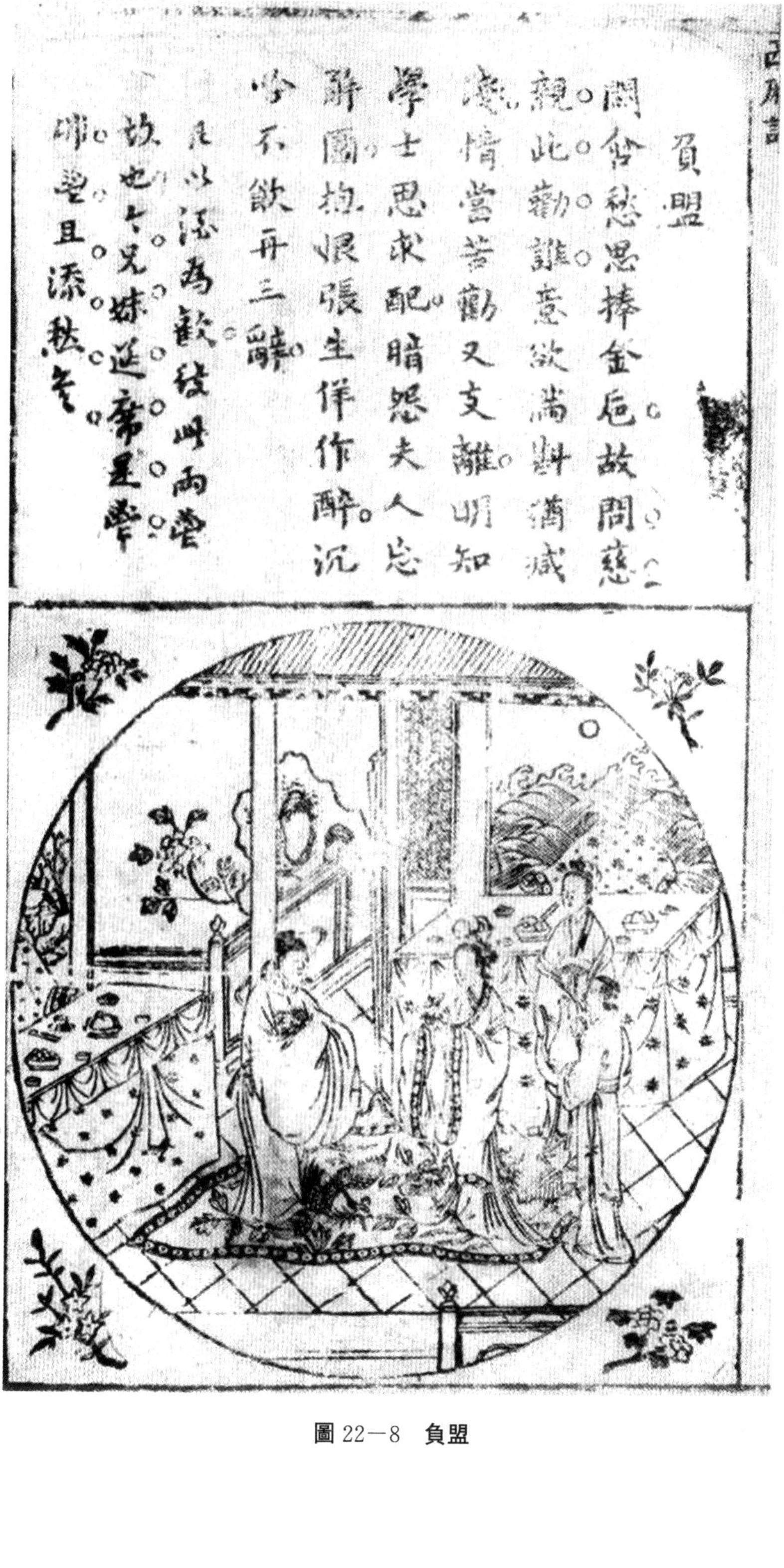

圖 22－8　負盟

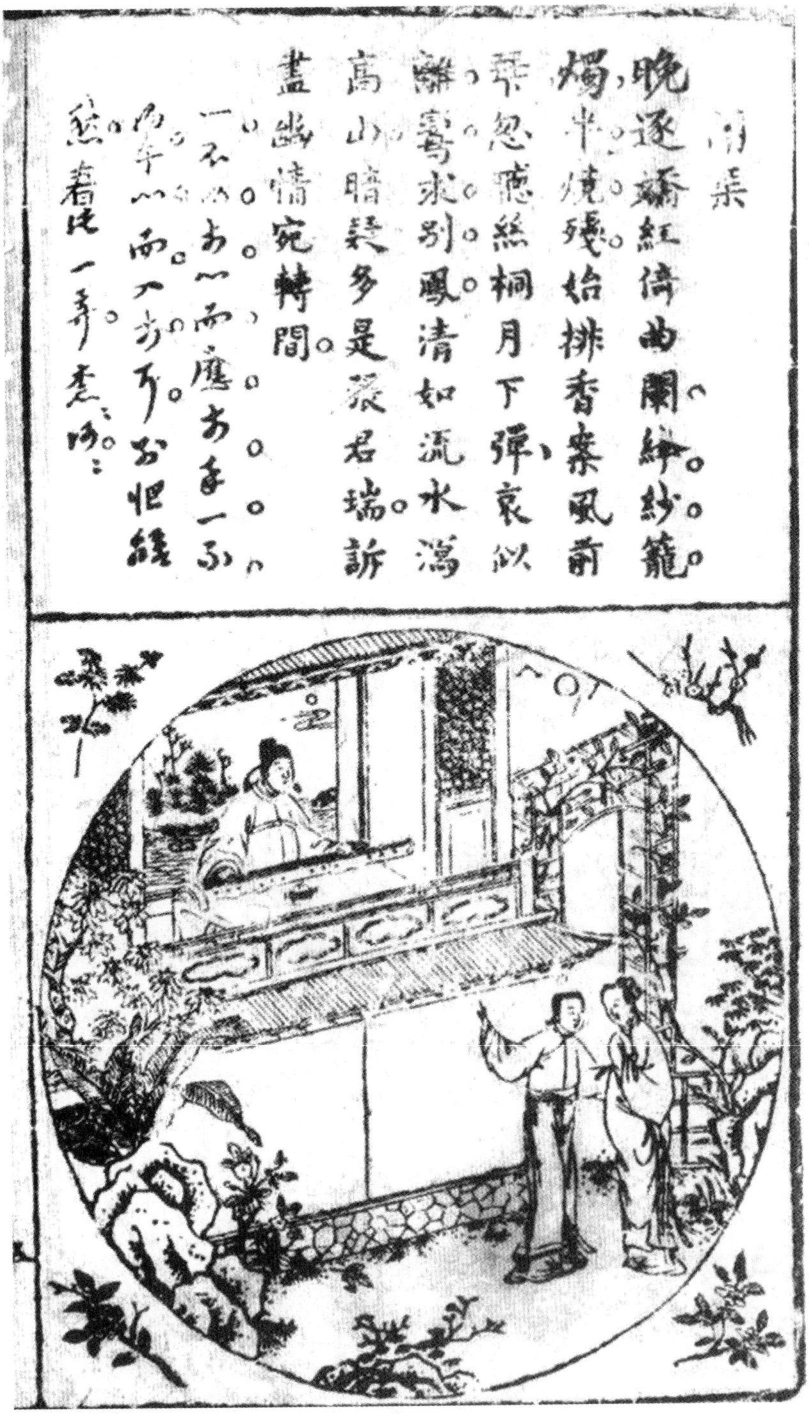
晚逐嬌紅倚曲闌絳紗籠
燭半燒殘始排香案風前
琴忽聽絲桐月下彈哀似
離鸞求別鳳清如流水瀉
高山暗疑多是張君瑞訴
盡幽情宛轉間

圖 22—9　**聽琴**

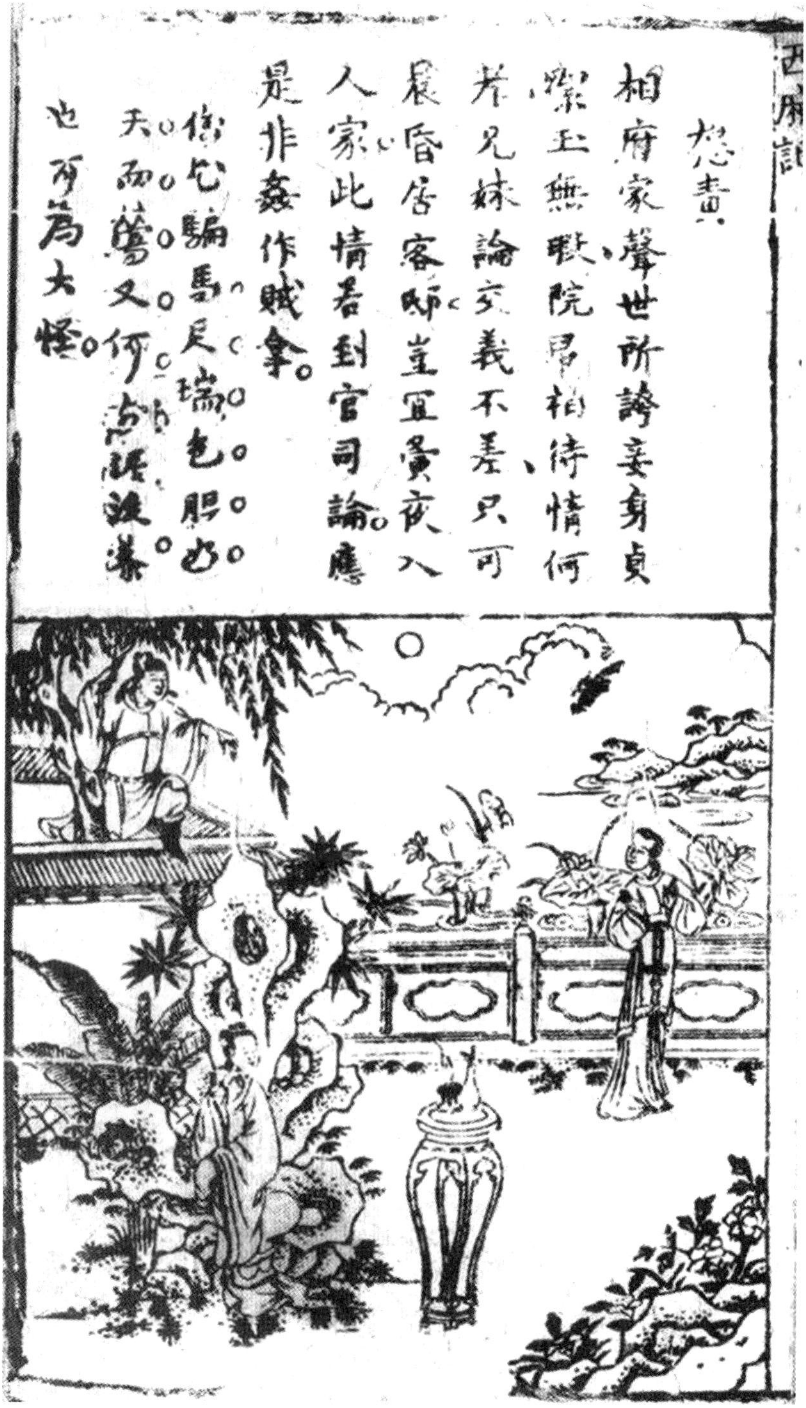
西廂記
怒責
相府家聲世所誇妾身貞
潔玉無瑕院門相待情何
若兄妹論交義不差只可
晨昏居客邸豈宜黃夜入
人家此情若到官司論應
是非姦作賊拿。
倘它騙馬足端色胆也
天而驚又何必說波濤
也可為大怪

圖 22—10　**怒責**

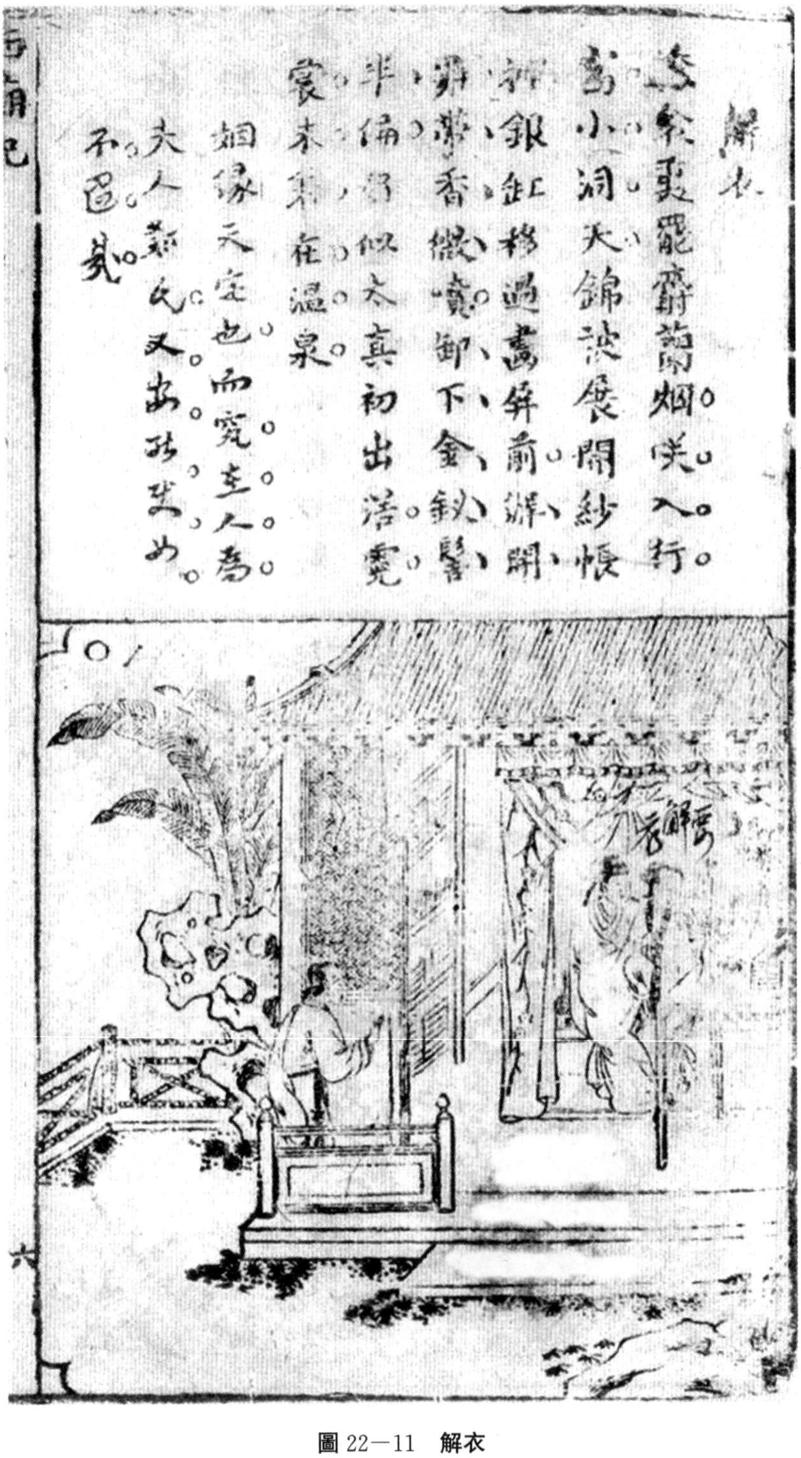

圖 22—11　**解衣**

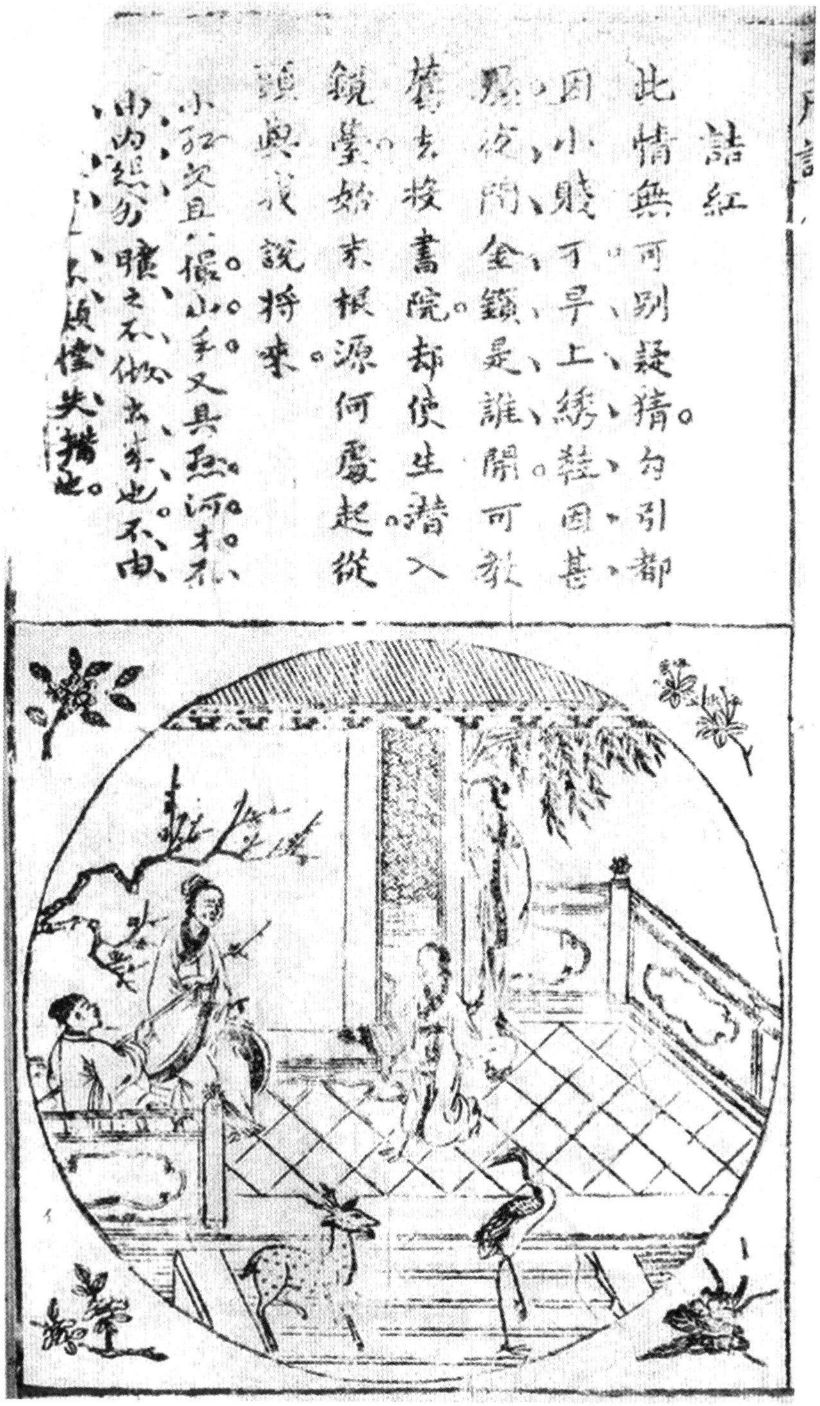
詰紅
此情無可別疑猜。句引都
因小賤丫早上繡鞋。因甚
黑夜閒金鎖是誰開可教
蕉去校書院。却使生潛入
鏡臺。始末根源何處起從
頭與我說將來。

圖 22—12　詰紅

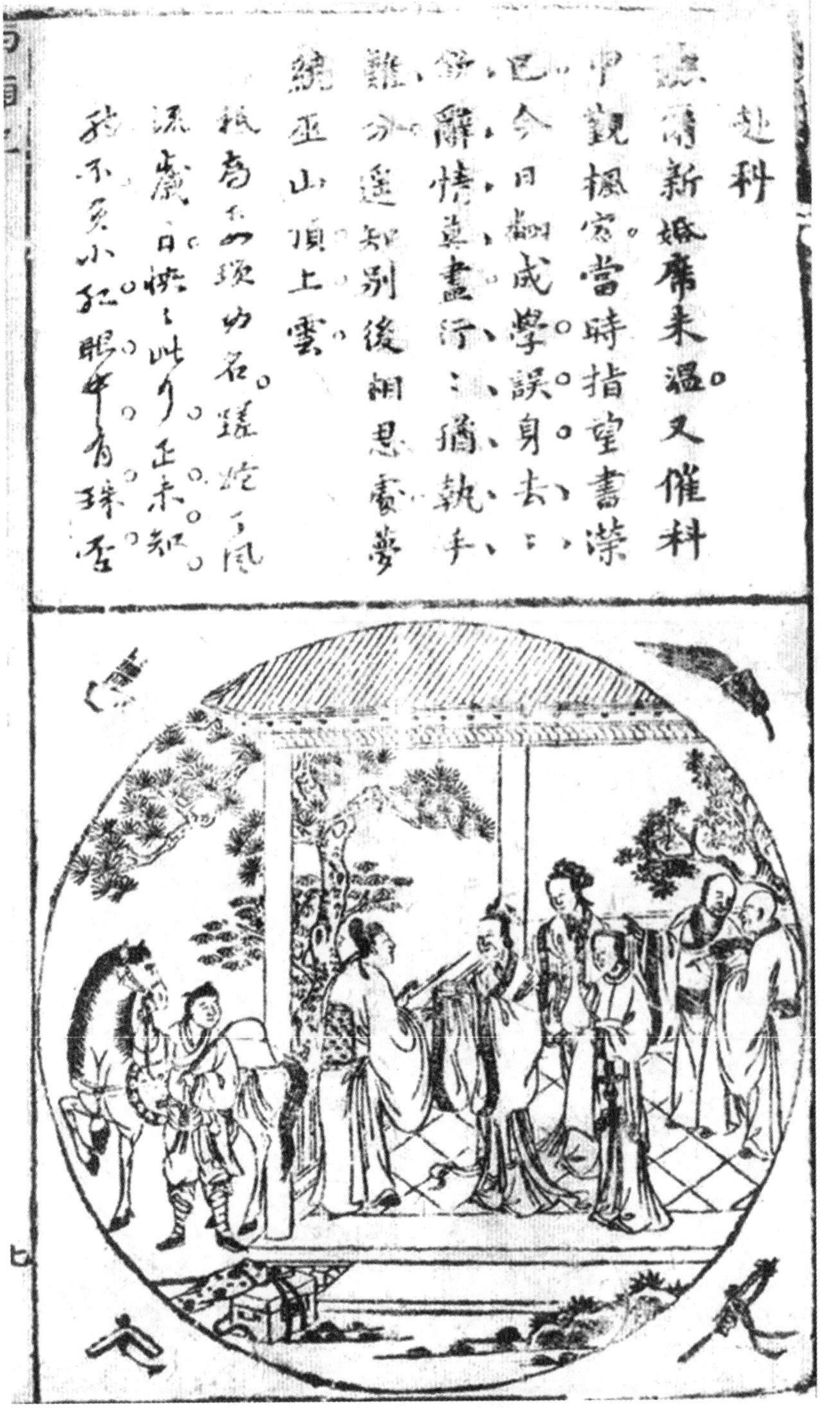
赴科
新婚席未溫又催科
中觀楓宸當時指望書榮
已今日翻成學誤身去
辭情莫盡行行猶執手
難分遙知別後相思處夢
繞巫山頂上雲

圖 22—13　赴科

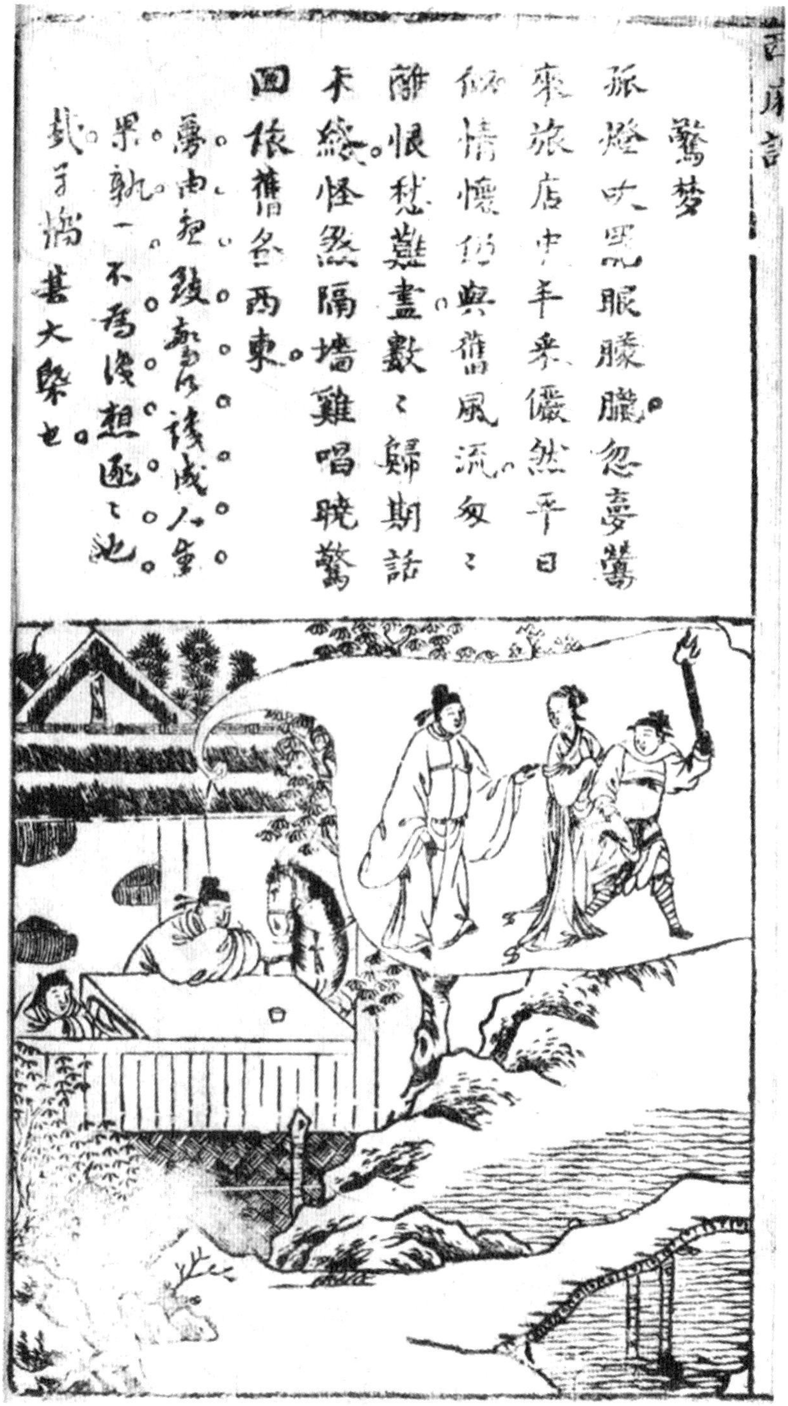

驚夢

旅燈吹黑眼朦朧。忽夢驚。
來旅店中半夜來儼然平日
秘情懷俏與舊風流匆匆
離恨愁難盡數々歸期話
未終怪然隔牆雞唱曉驚
回依舊各兩東。

夢由起後來成人筆。
果就一不為倩想匪之池。
戲弓鳥甚大繁也。

圖22-14　驚夢

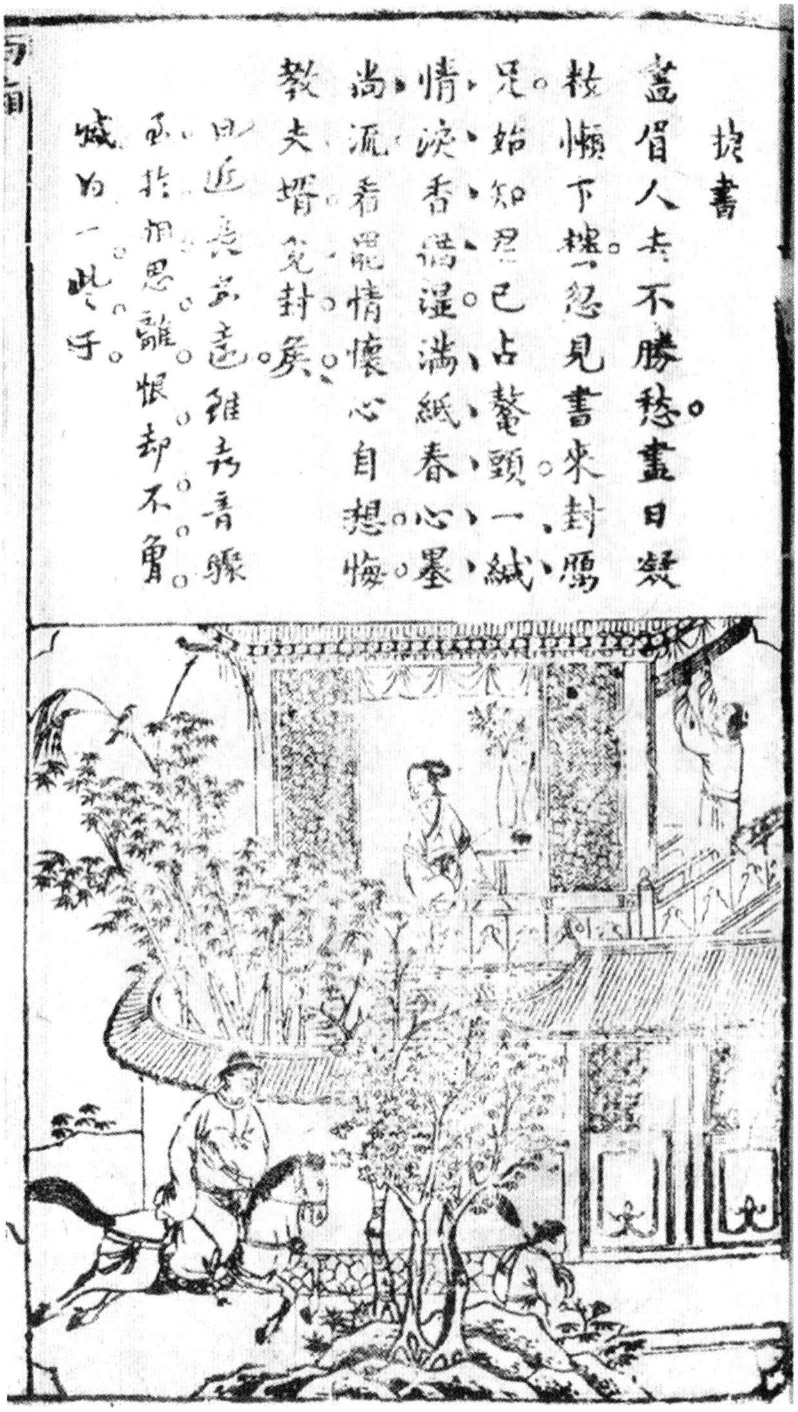
捷書
畫眉人去不勝愁。盡日凝
粧懶下樓。忽見書來封雁
足。始知君已占鰲頭。一緘
情淚香猶濕。滿紙春心墨
尚流。看罷情懷心自想。悔
教夫婿覓封侯。
日近長安遠。雖有青驄
至於相思離恨却不曾
減為一些乎。

圖 22—15 **捷書**

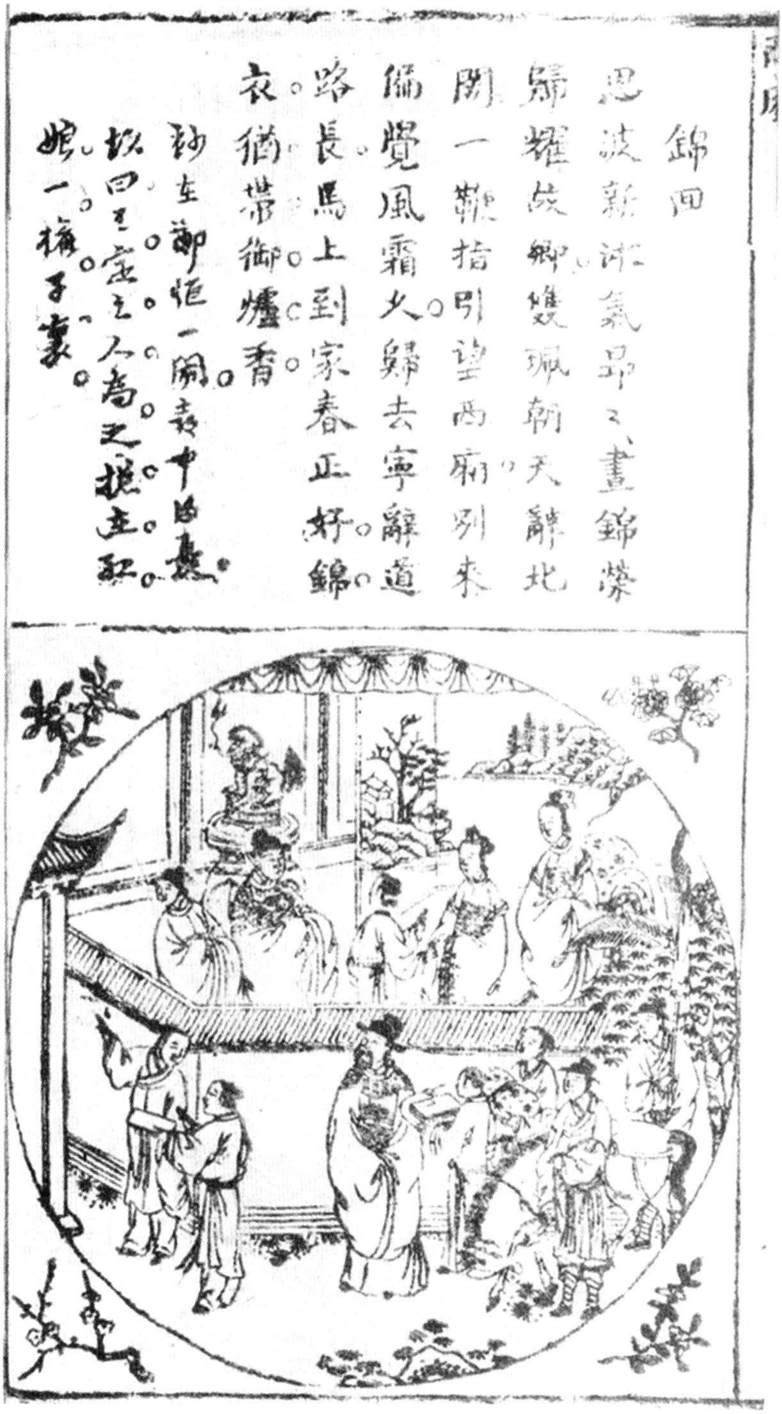
錦回
思波新沐氣昂昂，畫錦榮歸耀故鄉。雙珮朝天辭北闕，一鞭指引望西廂。別來偏覺風霜久，歸去寧辭道路長。馬上到家春正好，錦衣猶帶御爐香。

圖 22—16　錦回

《新刻徐文長公參訂西厢記》（潭邑書林歲寒友刻本）版畫

《新刻徐文長公參訂西厢記》，簡稱“徐參本”，明崇禎間潭邑書林歲寒友刻本。是書卷首依次爲：目録、圖像與題詞、新刻錢塘夢（上有眉批）、徐文長公參訂會真記（上有眉批）、附園林午夢記（上有眉批）。正文分上下兩卷，每卷十齣，每齣四字標目。正文内容和容與堂本大同小异。每齣有眉批，齣後有“解”和“音”。正文結束後，附有“蒲東詩”。

是書卷首目録后附有兩幅單面版畫。

圖 23—1　**卷首**

圖 23—2 卷首

《三先生合評元本北西厢》（孔如氏刻本）版畫

明崇禎間孔如氏刻《三先生合評元本北西厢》，簡稱“三合本”。是書卷首依次爲：王思任《合評元本北西厢·序》、秦田水月《叙》、漱者《叙》、李卓吾先生《讀西厢記類語》、湯若士先生《叙》六篇，《會真記》（末有“湯若士總評”“李卓吾總評”“徐文長總評”），版畫，目録，正文。

是書卷首附有版畫雙面連式版畫 10 幅，無圖名文字。

圖 24—1　(一)

圖 24—2 (二)

圖 24—3 (一)

圖 24－4　(二)

圖 24－5　(一)

圖 24—6　(二)

圖 24—7　（一）

2377《三先生合評元本北西廂》(孔如氏刻本)版畫

圖24—8　(二)

圖 24—9 (一)

圖 24—10　(二)

《新刻魏仲雪先生批點西厢記》(陳長卿存誠堂刻本)版畫

《新刻魏仲雪先生批點西厢記》，簡稱“魏本”，明崇禎間古吴陳長卿存誠堂刻本。

是書上卷卷首附有：《會真記》、《附録蒲東詩》（殘）、《附録魏仲雪先生批評錢塘夢》、《附園林午夢記》、插圖21幀。正文題署：“上虞魏浣初仲雪先生批點（下卷作“批評”），門人李裔蕃九仙父注釋。”正文分二十齣，每齣四字標目。正文眉批、齣批多襲自起鳳館本、容與堂本和陳眉公本。

魏浣初，字仲雪，明蘇州府常熟人，萬曆四十四年（1616）進士，官至廣東參政。李裔蕃，自稱魏仲雪“門人”，餘不詳。

是書上卷書首附有單面版畫21幅。

圖 25－1 **馬遲人意懶，風急雁行斜**

圖 25—2　行一步可人憐，解舞腰肢嬌又軟

圖 25－3　你撇下半天風韵，我拾得萬種思量

圖 25—4　料得行吟者，應憐長嘆人

圖 25—5

圖 25—6　指揮萬騎來當日，共解重圍在片時

圖 25—7　衹憑説法口，遂却讀書心

圖 25—8

圖 25—9 **這的是令他人耳聽，訴自己情衷**

圖 25—10 **欲消心下恨，須索好音來**

圖 25－11 **紙光明玉版，字香噴麝蘭**

圖 25－12

圖 25—13　因今宵傳言送語，看明日携雲握雨

圖 25—14　燈下偷睛覷，胸前着肉揣

圖 25—15

圖 25—16　**據鞍上馬，擱不住泪眼愁眉**

圖 25－17　**無端鵲噪高枝上，一枕鴛鴦夢不成**

圖25—18 **看時節獨上妝樓，手捲朱簾上玉鈎**

圖 25－19　表出腹中愁，果稱心間事

圖 25—20

圖 25—21

《繪圖西厢記》（掃葉山房本）版畫

《繪圖西厢記》，簡稱“掃葉山房本”，民國二年（1913）精印本，上海棋盤街掃葉山房民國十二年（1923）發行。

是書係光緒三十四年（1908）由掃葉山房印行的金聖嘆評點《增批繪像第六才子書》的覆刻本。是書八卷，書中卷四至卷八每卷插圖四幅，加上卷首附“雙文小像”，共有單面版畫 21 幅。原書版畫出自明代著名版畫名匠黄一彬之手，人物形容秀美，亭臺景致工整，其走刀纖細，不失畫意，惟妙惟肖，此覆刻本繪印精善。

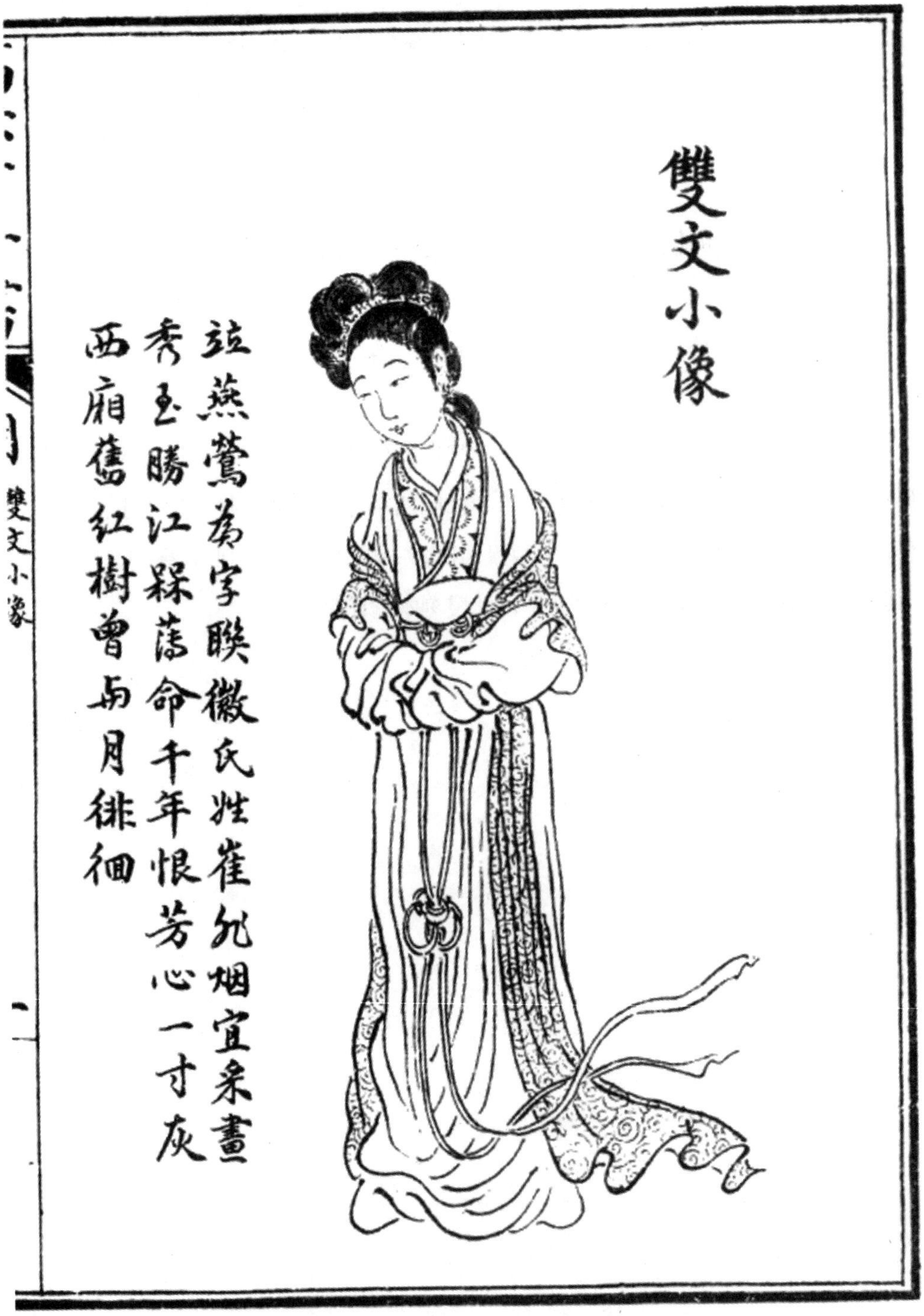

圖 26—1　雙文小像　并燕鶯爲字，聯徽氏姓崔。非烟宜采畫，秀玉勝江梅，薄命千年恨，芳心一寸灰。西厢舊紅樹，曾與月徘徊　卷首

圖 26—2　**儘人調戲，嚲著香肩，祇將花笑拈　卷四《驚艷》**

圖 26—3　可喜龐兒淺淡妝，穿一套縞素衣裳　卷四《借厢》

圖 26—4　**都祗是香烟人氣，兩搬兒氤氳得不分明　卷四《酬韵》**

圖 26—5　**我是個多愁多病身，怎當你傾國傾城貌　卷四《鬧齋》**

圖 26—6 我把五千人作一頓饅頭餡 卷五《寺警》

圖 26－7 那見珠圍翠繞，不出黄卷青燈 卷五《請宴》

圖 26—8　他誰道月底西厢，變作夢裏南柯　卷五《賴婚》

圖 26—9　**知音者芳心自同，感懷者斷腸悲痛　卷五《琴心》**

圖 26—10　管教那人來探你一遭兒　卷六《前候》

圖 26—11　**忽的低垂了粉頸，氤的改變了朱顏　卷六《鬧簡》**

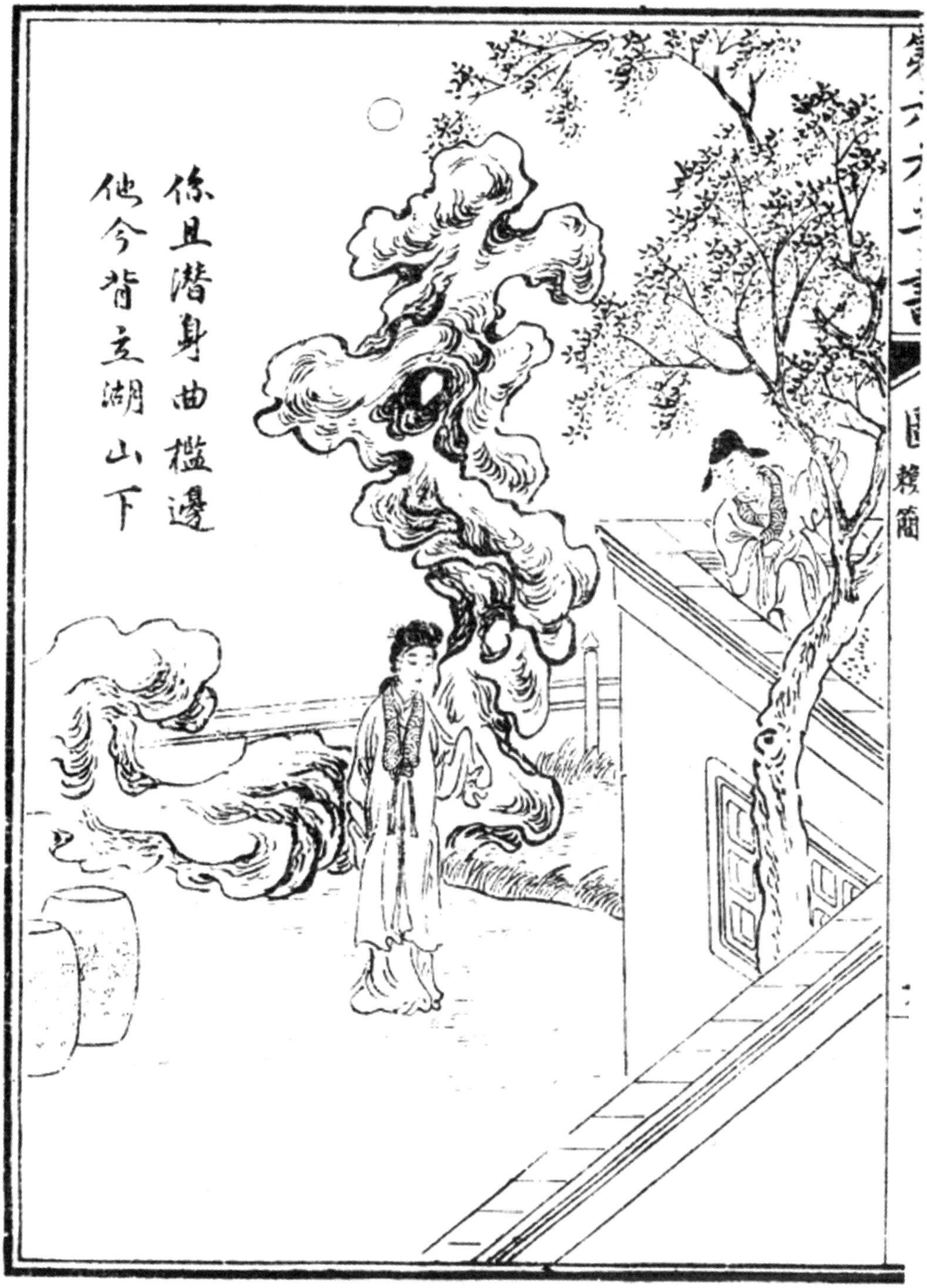

圖 26—12　**你且潛身曲檻邊，他今背立湖山下　卷六《賴簡》**

圖 26—13　我見你海棠開想到如今　卷六《後候》

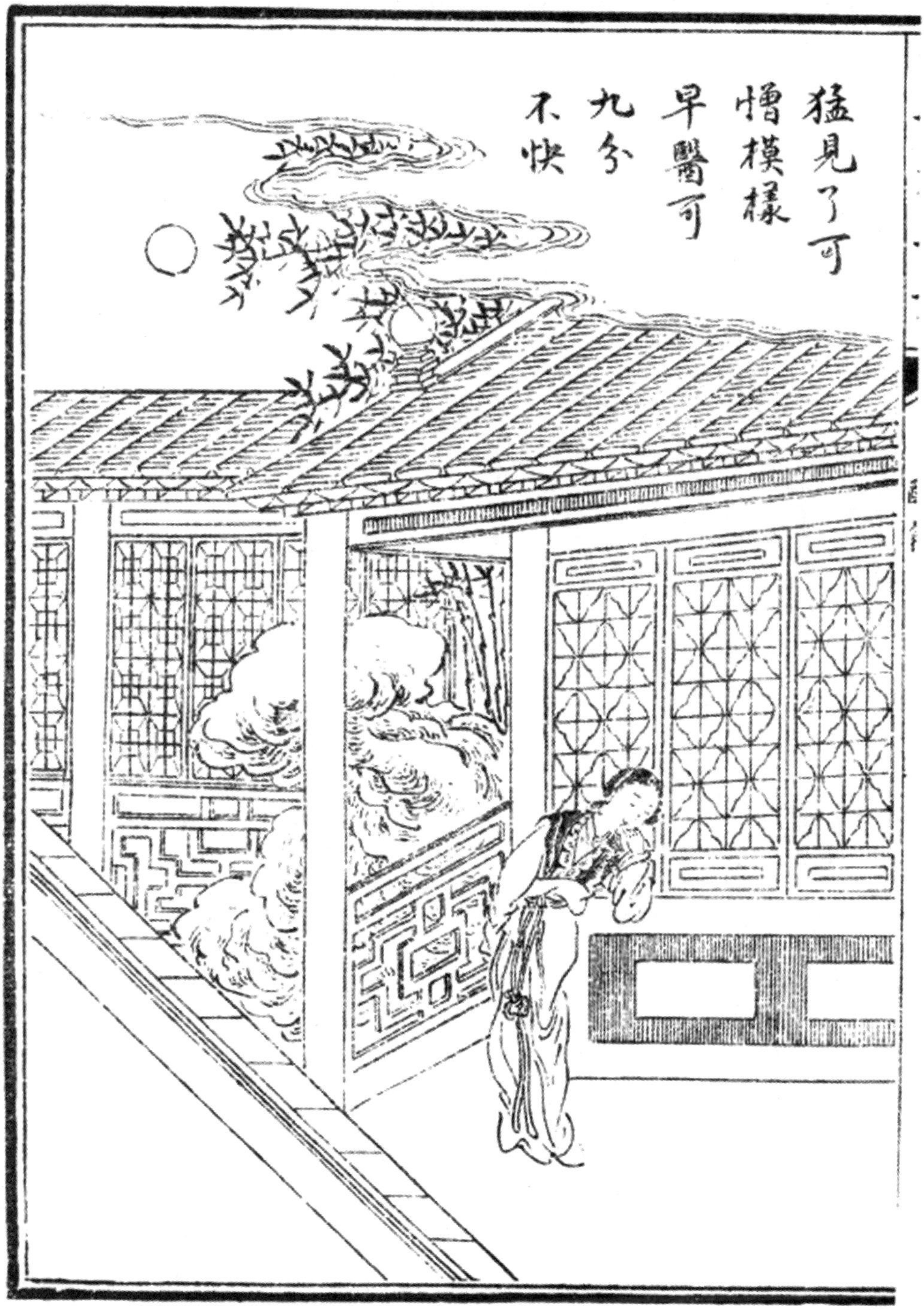

圖 26—14　猛見了可憎模樣，早醫可九分不快　卷七《酬簡》

圖 26—15 **定然是神針法灸，難道是燕侶鶯儔 卷七《拷艷》**

圖 26—16　倩疏林你與我挂住斜暉　卷七《哭宴》

圖 26—17　走荒郊曠野，把不住心嬌怯　卷七《驚夢》

圖 26—18　多管是閣著筆兒，未寫泪先流　卷八《泥金報捷》

圖 26—19　那裏取那樣温柔，這般才思　卷八《錦字緘愁》

圖 26—20　祇好偷韓壽下風頭香，傳何郎左壁廂粉　卷八《鄭恒求配》

圖 26－21　願天下有情的多成了眷屬　卷八《衣錦榮歸》